U0050463

0~6歲

"親子互動萬用英文"

一天一句，只要會這100句型，就能應付日常生活大小事

高仙永，金聖姬／著　魏詩珈／譯

全 MP3 一次下載

9789864541904.zip

此為 ZIP 壓縮檔，請先安裝解壓縮程式或 APP，
iOS 系統請升級至 iOS 13 後再行下載，
此為大型檔案約（175M），建議適用 WIFI 連線下載，
以免占用流量，並確認連線狀況，以利下載順暢。

作者的話

　　「爸媽英語不好的話，還是可以跟孩子用英語來互動嗎？」、「當孩子用英文問問題，但爸媽無法用英語回答也沒關係嗎？」、「英文發音不好的爸媽，若唸英文繪本給孩子聽的話，會不會毀了孩子的英語發音呢？」

　　不論是在線上，或者是與爸媽們見面時，總是會聽到爸媽們對於親子英文不斷提出問題。在面對這些問題的時候，我們總是如此回答：「即便爸媽的英文發音不好，或是英語不流利，本書的親子英語都能給孩子們帶來很大的幫助，並給大家帶來解答。」

　　在回答這些問題之前，首先應該要思考什麼是「親子英文共學」或「與孩子的英語時間」。爸媽在教孩子英語的時候，常常在未充分考慮孩子的興趣、年紀以及英語程度的情況下，便逕自給孩子讀自己挑選的英語書籍，或是要孩子做英語練習題。然而，如果以這樣的

方式讓孩子開始「學習」英語，會讓孩子們對學習英語的興趣大為下降。除此之外，孩子們可能會對英語產生先入為主的印象，認為學習英語既無趣又辛苦、學習英語一點用處也沒有。

英語和中文是兩種完全不同的語言。就像外國人覺得中文很困難一樣，但華人當然也會覺得英語很困難。在學習新語言的時候，接觸該語言的頻率和時間對於學習的影響是最大的。如同許多只使用母語（不包含英語）的亞洲國家一樣，台灣這個環境接觸英語的時間是有限的。但在孩子還小的時候，甚至是一歲開始，不斷地灌輸孩子英語知識，也不是本書的宗旨。對於希望孩子從小就開始學習英語的父母來說，學習英語的方式不能跟現在大人學英語的方式一樣。真正的「親子英文共學」，是讓孩子在與爸媽相處的任何時候，都有機會用英文來互動，無時無刻都能創造出英語環境，並在該環境中讓孩子逐漸適應英語，與爸媽一起學習。重要的是要讓孩子開心地、在頻率高且充分的時間內，使用有效的方式來接觸英語。在了解「親子英文共學」真正的意義之後，才能徹底實踐。

然而，要徹底實踐「親子英文共學」，不只是對孩子，甚至對爸媽們也絕對不是件簡單的事。不知道該從哪裡開始「親子英文共學」而感到茫然，或是已開始進行「親子英文共學」了，但在過程中遇到不少困難而中途放棄的爸媽也很多。雖然市面上有大量的學習書、英文原文書和英文影片等多元的學習內容，但大部分的情況是，爸媽不知道如何在這些教材中挑選適合的來學習，更不知道該如何活用這些教材。加上，因為不知如何活用教材，而缺乏將閱讀、聽力、寫作、口說等學習資訊做整合的習慣，因而中途放棄的案例也是不少。

因此，我們在寫這本書的時候，所強調的重點是讓完全不懂親子英文的人也能馬上學會使用。只要爸媽和孩子能愉快地跟著唸簡單的

會話和句子、一起讀英語繪本，就有能力開始進行「親子英文共學」了。

對於講英語這件事很有自信的人之中，發現自己跟孩子用英語來對話時卻感到十分困難的人也不在少數。本書精心挑選了媽媽和孩子在實際對話中能真正使用到的會話與句型。這些實用的會話不只是讓你單純讀過去就好，而是為了讓媽媽與孩子能在 100 天內一起實際練習口說，而精心設計的。

這本書的對象不僅是那些對於英語感到茫然或恐懼的初學者，也將著重於讓那些有學過幾句英語句子，卻因無法在實際情境中開口而有挫折感的人大聲說英文。在 100 天以內搭配本書，並開口練習的話，便能提升對英語的自信感。若能每天大聲開口說，並持續進行口說練習的話，還能逐漸找到對於英語的熟悉度。

此外，本書在 100 天期間，還會介紹能讓爸媽和孩子「每天共讀一本英文書」的英語童書繪本書單。本書嚴選了 100 本能夠讓孩子感興趣的英語繪本以及內容優質並獲認證的必讀童書。

其實共讀英語繪本才是爸媽和孩子一起學習英語最簡單、最有效的方式。本書將根據作者所經營的社團《刺蝟媽媽》多年來舉辦英語書籍閱讀計畫的經驗，分享爸媽們與孩子在閱讀完英語書籍之後，能夠進行的多項英語活動。請閱讀本書所精選的 100 本英語書籍，來作為親子時間的睡前讀物。

本書可說是讓新手輕鬆入門的「親子英文共學指南」。爸媽用英語來進行對話，或是唸英語書籍的樣子，對孩子來說都是很好的楷模，也能給孩子帶來學習英語的樂趣。透過本書，不僅能讓爸媽們成長，也能有效引導孩子開口說英文，並讓孩子的態度變得正向。有這麼一句話：「有時候嘗試比結果更加重要」（《人生思考題》詹姆

斯‧萊恩著）。一開始會擔心「我真的能做好嗎？」，但是如果不嘗
試，便無法知道結果。因此，不如現在就馬上開始吧。如果能按部就
班地按本書的學習法來實踐，那麼 100 天之後便能體會到自己和孩子
一同成長的奇蹟。無論如何，希望本書能成為正在用親子英文來帶孩
子的所有爸媽們有用的學習法。

作家　Sarah 老師（金聖姬），
刺蝟媽媽（高仙泳）

用對「聽、說、讀」的方法,透過正確「親子互動」,
根本不用教,讓孩子的「英語」直接變「母語」!

關鍵短句

一句關鍵短句,每天講每天聽,
任何環境都可變成英語環境

○ 複習 Day 003 → ○ 聽 MP3 → ○ 會話跟讀 → ○ 一起讀今天的英語繪本

DAY
004

**How many books do you
want to read?**
你想讀幾本書?

與孩子進行共讀之前,先問問孩子要讀幾本
書。用 How many books(多少書)來問孩子
就行了。

👩 **Let's read some books.**
我們來讀書吧!

👧 **How many books?**
幾本書呢?

👩 **How many books do you want to read?**
你想讀幾本書?

👧 **How about three Chinese books and
three English books?**
三本中文書和三本英文書怎麼樣?

👩 **Sounds great. Go get your books.**
聽起來很棒。去拿你的書吧。

👧 **Mom! Help me, please!**
媽媽!幫幫我!

28

掃QR碼聽音檔之兩階段
「聽」「說」學習法

• **讀一遍音檔**—透過「聽
讀」如置身美國家庭日
常生活情境中。

• **讀三遍音檔**—透過「複
誦」反覆的刺激,讓英
語如母語般自然脫口而
出。

情境會話

經過媽媽與孩子實際生活實測,從起床到
玩遊戲,與孩子互動最實用的英語會話

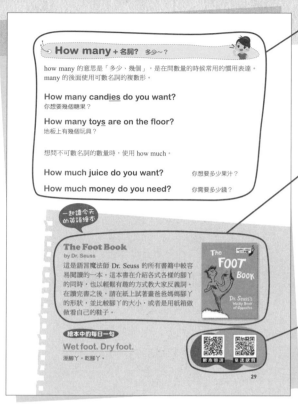

- 清楚解說意思、使用方法與使用時機。
- 列出可以直接和孩子來對話的實用例句。

每日一本,共100本的英語童書繪本的介紹,讓外師朗讀給你聽

* YouTube影片所有權屬影片創作者本人,隨時有變動可能,若造成QR碼無法連結,出版社概不負責。

- 外籍老師朗讀童書繪本的YouTube影片
- 兒歌童謠YouTube影片

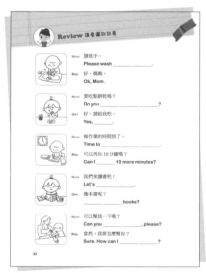

每5課來讓您與孩子複習的填空練習。

豐富超值的親子英語學習免費資源介紹

《刺蝟媽媽》社團 30 萬名會員 一同參與的媽媽牌親子英文計畫

　　韓國知名社團平台 Naver Café 上具教育性質的代表性社團「刺蝟媽媽」，從 2006 年就開始研究「媽媽牌엄마표親子英文」的學習法，並以此社團的會員為對象，實行媽媽牌親子英文學習計畫。自從媽媽們和孩子共同參與英語學習計畫以來，在初期階段曾歷經多次失敗經驗，但也是在積年累月的嘗試之後，才得到如此有意義的成果。接下來將以參與過英語學習計畫的媽媽們及孩子多年來的體驗之後所獲得的成果為基礎，來分享 100% 能夠讓孩子開口說英文的四項「媽媽牌親子英文成功法則」。

1 最重要的是，爸媽和孩子都要有學英語的迫切感及動機。每天在把書翻開之前，請先想想看學習英語的原因為何。

　　這段期間，我曾與多位媽媽按照不同年齡層、不同英語程度，進行了多項媽媽牌親子英文計畫，最後領悟到「比起一開始的動力，更

重要的是堅持到最後的完成。」這項事實。雖然在超過 10 年期間曾進行過無數次的英語計畫，但是完成率卻不到 20%。下定決心要開始英語計畫之後，不論時間長度是一個月或是兩個月都好，最重要的是要規律地實行。與其懷著雄心壯志挑戰高難度的英語，不如一步一步地完成簡單的英語計畫，慢慢地將程度提高會更好。事實上，有規律參與親子英語計畫的孩子們，在許多領域方面的英文表達都有迅速提升。而且看到父母在寫心得時，常提到自己不僅獲得了對英語的自信感，自尊心也提高了。

我在《刺蝟媽媽》社團裡面使用「快樂刺蝟媽媽」這個暱稱來開始「媽媽牌親子英文計畫」的原因，主要是因為我本人原本英文不好。對於自己到了國外卻不敢開口說英文這件事讓我感到羞愧，因此我希望能幫助孩子自然地接觸英語，不要像我這樣遭遇到一樣的困難。正因為我有如此明確的動機，才能繼續「媽媽牌親子英文計畫」。

我持續給孩子唸英語童書、繪本，並找了與書籍相關的英語資源，一起來進行簡單的讀後活動。另外，我也找了和讀過的書籍相關的有趣影片，讓孩子對閱讀感到興趣。持續進行下來的成果，就是發現孩子在閱讀英文書時，就像在讀用母語寫的書籍一樣輕鬆；在看電影或動畫時，沒有字幕也能看得懂。到國外的時候，孩子們也能自然地跟外國人對話，並容易適應當地生活。此外，當孩子們想了解自己最近感興趣的內容或其他資訊時，即便年紀還很小，他們除了會透過自己國家的網站搜尋，還懂得用英文搜尋關鍵字，連到國外的網站來增長知識。看到這樣的孩子，我漸漸相信「媽媽牌親子英文」的力量了。

許多人會將自己想做的事、夢想和希望銘記在心，包含孩子的英語學習計畫。一旦實踐了這個計畫，不只是孩子，就連爸媽也能同時

提升自己的英語能力。在內心充滿著期盼的心情之下開始進行的英語計畫，請務必堅持這個計畫到最後，直到孩子展現出英語實力的那一天為止。

在執行這個計畫的過程中，即便時常三天打魚、兩天曬網，也請務必完成 100 天的進度。100 天之後，在確認完學習成效後，就可以開始挑戰下一個計畫了。在 100 天以內，請務必要將自己學習英語的原因銘記在心。

2 在「媽媽牌親子英文」中，把家裡打造成適合「閱讀英文書籍」的環境很重要。這是媽媽獨自一人無法達成的事，需要爸爸和家人們積極參與。

請爸爸在睡前也為孩子唸點英語童書，或是在玩角色扮演的時候用英語來對話，讓孩子以最自然的方式接觸英語。「媽媽牌親子英文」計畫的核心，就是讓孩子自然而然地記住日常生活中常用的英文句子，並透過英文童書或繪本讓孩子對英語產生興趣。這個計畫的名稱雖然叫做「媽媽牌親子英文」，但並不代表一定要由媽媽來主導一切。在親子教養中，爸爸和媽媽的角色同樣重要，這點應該不必多說。在孩子學習英語時，若是爸爸也能一同積極地參與，而非只是媽媽一人的話，這樣的學習會達兩倍，甚至三倍的效果。請爸爸也一起和孩子學習各式各樣的英語表達，以及參與閱讀英語童書的活動。

世界知名的語言學家史蒂芬·克拉申博士曾在他的著作《閱讀的力量（The Power of Reading）》一書中說道：「閱讀並不是學習語言最佳的方法。而是唯一的方法。」他也強調在語言學習的過程中，要愉快地學習才能將學習的效果最大化。和父母一起閱讀孩子喜歡的、或是有趣的英語童書，對孩子們來說都將成為非常有意義且正向的經驗，深深刻在孩子心中。因為孩子們都是看著父母的樣子長大的。孩

子在與媽媽、爸爸一起閱讀英語書籍的同時，請儘量協助孩子，讓孩子對英語產生興趣，並且在學習的路上成為彼此的刺激，互相協助對方。

3 每天花 30 分鐘以上和孩子一起閱讀英語童書，或是陪伴孩子一起看他／她喜歡的英文影片，來建立孩子對英語的自信。

最有效的「媽媽牌親子英文」學習法是，每天規律地和孩子閱讀英語書籍。而和孩子一起選擇要閱讀的英語書籍時，重要的是要先選擇孩子喜歡的主題。為了能把童書唸得更有趣，建議爸媽先練習讀看看。爸媽可以在孩子去上幼稚園或是去上學的時候，趁這個空檔，先放英語童書的 MP3 音檔來聽，自己先反覆熟悉發音和語調，並跟著唸。這時，建議先掌握書本的內容，再練習發音。而當要唸英語童書給孩子聽的時候，一定要發揮演技，唸得比 MP3 更加愉快，或是更加傷心，要更加有真實感。當要用到狀聲詞時，請用特別強調的語氣，以有趣的方式唸給孩子聽。如果爸媽用有趣的方式念書，孩子一定會對該童話故事意猶未盡，這是讓孩子對英語童書感興趣的重要關鍵。

在讀完英文童書之後，再來看相關影片的話，孩子的英語實力會顯著地成長。請和孩子一起觀賞同一主題的推薦影片，並試著跟孩子聊影片相關內容、練習跟著影片說英文。如果持續接觸喜歡的英語童書和英文影片的話，孩子便能接受英語，把英文當作輕鬆又有趣的遊戲。然而，孩子們各有不同的性格和偏好，因此並不是只有單一一種方法才是正確的。關於活用英文影片的方法，已在「媽媽常問問題 FAQ」的 Q8（請見 287 頁）做了詳細說明，敬請參考。

4 每天開口練習唸英文會話內容以及英語童書中的主要句子。

　　最近有很多家長在孩子還小的時候就讓他們開始學英語。即便花了很多時間在英語上，但沒有練習開口說英語的情況卻佔了大多數。以芬蘭來說，有 80%以上的國民同時都會說母語以及英語。據說，他們英語好的祕訣就是從小的時候就開始固定收聽國營電視台所播放的英文影片，且父母在孩子的睡前故事時間，不只是唸芬蘭文的書籍給孩子聽，也會唸英語書籍給孩子聽。另外，在學校方面，他們到國中以前都沒有英文考試，而課程是以英語聽力、口說為主來進行。英文要好，就得多開口說英文，這是無庸置疑的道理。然而，對於英文並非官方語言的許多亞洲國家來說，孩子們能自然接觸到英文，並開口說英文的機會非常少。想提升孩子們接觸英語的頻率，就必須透過打造那樣的英語環境，來增加孩子接觸英語的機會。

　　請多讀幾遍本書中的對話，並練習唸出聲音來。儘量多動動自己嘴部的肌肉，大聲把英文唸出來。練習越多次，不只會對英文更有自信，學過的單字、片語和表達也能記得更久。負責掌管語言的大腦，在放鬆且愉悅的狀態下才能夠將背下來的單字記得更久，而不是在緊張的狀態下。要學好一門語言，一定要多聽、多說，在學習的過程中也要保持愉悅的心情。喜歡本書中對話部分的爸媽和孩子，若常用本書中的對話來輪流練習口說的話，就能把家裡打造成最棒的英語口說環境。請爸爸媽媽以身作則，常常要在孩子面前講英語，展現出用英語來對話的樣子給孩子看。那麼孩子也會一起參與用英文來對話的行列。

本書學習法的實踐方式

聽 MP3 並練習開口說

首先,先一邊聽 MP3,一邊試著在腦海中想像一下對話內容,透過看書中的插圖,會有助於內容的想像。接著請試著想像一下情境,看著書本內容,再聽一遍 MP3。然後再跟著 MP3 的內容大聲地唸三遍。從本書 Day 002 之後,在每個課程開始之前,都請先複習前一天學過的內容,接著才開始進行當天的學習。

闔上書本跟讀會話內容

請試著把書本闔上,只聽 MP3 音檔來跟著唸。上個步驟直接看著書裡的內容唸很容易,但把書本闔上直接說,卻是比想像中還要困難吧。儘管練習唸了很多遍,似乎覺得自己好像都記起來了,但經過一段時間後,常會發生背過的東西想不起來的情況。若能夠不看書,只聽 MP3 就能直接跟著唸,那麼這樣就算是合格了!如果還是說不出來,請試著使用第 291 頁的「單字卡」來重新整理內容,並重複跟著唸。

第 3 階段

一起讀今天的英語繪本閱讀計畫

為了實踐「一起讀今天的英語繪本」計畫，本書會推薦大家在 100 天內可以一起閱讀的英語童書與繪本。我們從經典名著中，特別挑選了那些從插圖就能輕易推測句子意思或文章內容意義的書籍，以及不斷出現套用固定句型的句子的書籍，讓孩子們可以聽著聽著就跟著唸。本書所介紹的英語童書在圖書館或書店，基本上都能取得（請在前往圖書館或書店前先確認是否有上架），希望孩子們能夠愉快地閱讀。特別是「繪本中的每日一句」，這部分是從英語童書中所選出的重要句子，或是對於會話有幫助的句子。請反覆大聲跟著唸，練習到至少能把這句話背起來。看完書或影片後，請試著把書名、作者、好的句子等英文訊息寫到筆記本裡。每一天的「一起讀今天的英語繪本」結束之後，本書在最後也會告訴大家能夠做的讀後活動，如畫畫、唱歌等活動，請務必做做看。

第 4 階段

複習

請試著跟讀一遍今天的會話以及「繪本中的每日一句」。請善用便利貼或用手遮住會話內容，只看中文翻譯，試著想像會話情境，並用英文說說看。遇到想不起來的句子就回到書本反覆大聲唸。如果是和孩子一起複習的話，請試著一邊搭配動作來演出對話情境，一邊練習口說。

目錄&
學習進度表

18

100天之後開口說英語

請寫下使用本書的動機或決心。
在讀完這本書之前，
每天都要回到這一頁來記住自己的決心。

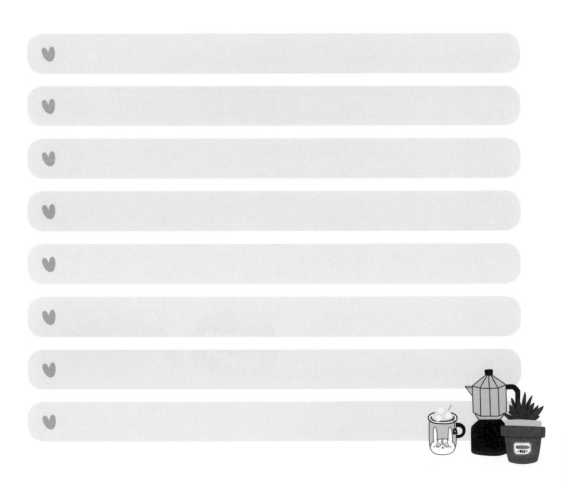

DAY
001
I
005

DAY 001

Please wash your hands.
請洗手。

洗手對孩子來說是很重要的生活習慣！
「洗手」用英文來說就是 wash the hands。

 Please wash your hands.

請洗手。

 Ok, Mom.

好的，媽媽。

Use soap and rub your hands.

用肥皂來把手搓一搓。

 I'm making bubbles, Mom.

媽媽，我在做泡泡耶。

 Wow! What big bubbles!

哇！好大的泡泡！

Now if you're done, dry your hands, please.

都好了的話，請擦乾你的手。

 I'm finished.

好了。

★ 如果想說「都好了」的時候，
不僅可以說 I'm finished，也
可以說 I'm done。

Please~ 請～

跟孩子說話的時候，如果直接說「去做～」聽起來很像是命令語氣對吧？在英語中也一樣，如果不加上 please 的話，就會變成像是「去做～」的命令句。如果想要孩子去做某件事或是想拜託孩子某件事的時候，請盡量習慣把有禮貌的表達方式 please 掛在嘴邊。please 放在句首或是句尾都可以。

Please help me.　　　　　　　　請幫我一下。

Please brush your teeth.　　　　請刷牙。

Pass me the towel, please.　　　請把毛巾遞給我。

Hang the towel up, please.　　　請把毛巾掛起來。

Clean up, please.　　　　　　　請整理乾淨。

一起讀今天的英語繪本

Big Little
by Leslie Patricelli

Leslie Patricelli 所撰寫的系列童書中，主要以許多可愛的孩子來作為故事的主角。此系列的書籍以我們日常生活中常見的事物來做為題材，所以孩子在閱讀時，本書會一邊要孩子觀察周邊常見的各種事物，一邊用「很大」、「很小」的表達來形容這些事物。在看完這本書之後，請試著拿起自己家裡有的玩具，說出 Big! 或是 Little!。

繪本中的每日一句

繪本朗讀　　童謠欣賞

Heads are big. Toes are little.

頭很大。腳趾頭很小。

DAY 002

Do you want some cookies?

要吃點餅乾嗎？

唸1遍 002-1.mp3
唸3遍 002-2.mp3

孩子們應該不會只吃一片餅乾吧？
想用英文表達「好幾片餅乾」的時候，可以說
some cookies。

 Are you hungry?

你肚子餓了嗎？

 A little bit.

有一點。

 Do you want some cookies?

想吃點餅乾嗎？

 Yes, please.

好，請給我吧。

 Want some milk?

要來點牛奶嗎？

 Mmm... Juice, please.

嗯…請給我果汁。

some + 名詞　一點、一些～

some 的意思是「一點、一些」，可以放在可數名詞和不可數名詞前使用。some 的後面出現不可數名詞的時候，該名詞不使用複數形，而使用單數形。

Would you like some juice?　　要喝點果汁嗎？

We have some bread.　　我們有一些麵包。

I want some water.　　我想喝點水。

some 的後面出現可數名詞的時候，該名詞使用複數形。

There are some bananas.　　有一些香蕉。

There are some cookies.　　有一些餅乾。

一起讀今天的英語繪本

The Very Hungry Caterpillar
by Eric Carle

這本書描繪小小毛毛蟲蛻變成蝴蝶所經歷的過程。在閱讀這本書的時候，要是能製作毛毛蟲形狀的手指玩偶，一邊模仿書中的毛毛蟲鑽洞

過去的模樣，一邊唸這本童書的內容給孩子聽的話，就太棒了。讀完這一天的單元之後，可以在紙上畫出蝴蝶，然後把蝴蝶剪下來，模擬蝴蝶飛舞的樣子揮動翅膀。

繪本中的每日一句

On Monday he ate through one apple.
But he was still hungry.

繪本朗讀　　動畫欣賞

他星期一吃了一整顆蘋果，但還是很餓。

DAY 003

Time to do your homework.

做作業的時間到了。

 唸1遍 003-1.mp3
 唸3遍 003-2.mp3

想表達「該去做～的時間到了」的時候可以說 Time to ～。請試著用手指著時鐘，練習說說看時間是幾點幾分了。

 It's 5 o'clock.
Time to do your homework.

5 點了，做作業的時間到了。

Can I play 10 more minutes?

可以再玩 10 分鐘嗎？

Do your homework first and then play.

做完作業之後再去玩。

Ok, Mom.

知道了，媽媽。

What is your homework?

你的作業是什麼？

I have to read this book and finish the worksheets.

要讀這本書，然後完成練習題。

★ worksheet 裡面的 ee 是長母音，嘴唇要盡量往兩旁張開來發音。

worksheet（練習題）
bedsheet（床單）
seet（座位）

26

Time to + 動詞　做～的時間到了；該去做～

想表達「該去做～了」和「做～的時間到了」的時候，可以說 Time to ～。
原本完整的句子是 It is time to ～，但前面的 It is 常被省略。

Time to read books.	念書的時間到了。
Time to clean up.	打掃的時間到了。
Time to have dinner.	吃晚餐的時間到了。
Time to take a shower.	洗澡的時間到了。
Time to go to bed.	上床睡覺的時間到了。

一起讀今天
的英語繪本

Hooray for Fish!
by Lucy Cousins

《Maisy》系列童書的作者 Lucy Cousins 的
另一代表作，是敘述小魚在到處尋找媽媽的途
中遇到了各類形形色色的魚的故事。試著在素
描本上畫出書中所出現、色彩繽紛及各種形狀
的魚，或是試著剪出魚的形狀，利用夾子和磁
鐵來進行釣魚遊戲。

繪本中的每日一句

Hello! I am Little Fish,
swimming in the sea.

嗨！我是海裡游來游去的小魚。

繪本朗讀

DAY 004

How many books do you want to read?

你想讀幾本書？

唸1遍 004-1.mp3　唸3遍 004-2.mp3

與孩子進行共讀之前，先問問孩子要讀幾本書。用 How many books（多少書）來問孩子就行了。

 Let's read some books.

我們來讀書吧！

 How many books?

幾本書呢？

 How many books do you want to read?

你想讀幾本書？

 **How about three Chinese books and three English books?**

三本中文書和三本英文書怎麼樣？

 Sounds great. Go get your books.

聽起來很棒。去拿你的書吧。

Mom! Help me, please!

媽媽！幫幫我！

How many + 名詞? 多少～?

how many 的意思是「多少、幾個」，是在問數量的時候常用的慣用表達。
many 的後面使用可數名詞的複數形。

How many cand<u>ies</u> do you want?
你想要幾個糖果？

How many toy<u>s</u> are on the floor?
地板上有幾個玩具？

想問不可數名詞的數量時，使用 how much。

How much juice do you want?
你想要多少果汁？

How much money do you need?
你需要多少錢？

一起讀今天
的英語繪本

The Foot Book
by Dr. Seuss

這是語言魔法師 Dr. Seuss 的所有書籍中較容
易閱讀的一本。這本書在介紹各式各樣的腳丫
的同時，也以輕鬆有趣的方式教大家反義詞。
在讀完書之後，請在紙上試著畫爸爸媽媽腳丫
的形狀，並比較腳丫的大小，或者是用紙箱做
做看自己的鞋子。

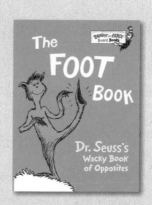

繪本中的每日一句

Wet foot. Dry foot.
溼腳丫。乾腳丫。

繪本朗讀　童謠欣賞

DAY 005

Can you help me, please?

可以幫我一下嗎？

需要請別人幫忙，或是幫忙別人的情況很多。
請練習使用表示「幫忙」意思的單字 help 來
開口說說看吧。

唸1遍 005-1.mp3　唸3遍 005-2.mp3

 Hey, Sweetie! Are you busy?

親愛的！你在忙嗎？

★ sweetie 是用來稱呼孩子的暱稱。
也可以使用以下單字來表達。
・honey
・sweetheart
・pumpkin

 Not really.

不太忙。

 Can you help me, please?

可以幫我一下嗎？

Sure. How can I help you?

當然。我要怎麼幫你呢？

Can you roll up my sleeves?

可以幫我把袖子捲起來嗎？

Okay.

好的。

Can you~? （你）可以～嗎？

Can you~? 的意思是「你可以～嗎？」，要請人幫忙時有「可以幫我～嗎？」的意思，是拜託別人時常使用的表達方式。Can you 的後面要用動詞原形。

Can you open the door?　可以幫我開門嗎？

Can you close the door?　可以幫我關門嗎？

Can you make the bed?　可以幫我整理一下床嗎？

Can you put it away?　可以把那個收拾一下嗎？

Can you clean up?　可以幫我打掃一下嗎？

一起讀今天的英語繪本

From Head to Toe
by Eric Carle

這是介紹各種動物的同時，也讓孩子們了解自己能做出什麼動作的一本書。請在閱讀這本書的時候，模仿動物的叫聲與牠們做的動作。像是做出如企鵝那樣擺擺頭、如大猩猩那樣槌打自己胸口等的動作，有助於以有趣的方式記住英文動詞。

繪本中的每日一句

Can you do it? I can do it!
你做得到嗎？我做得到！

繪本朗讀

童謠欣賞

Review 請看圖說說看

Mom 請洗手。

Please wash _____ _____.

Boy 好，媽媽。

Ok, Mom.

Mom 要吃點餅乾嗎？

Do you _____ _____ _____?

Girl 好，請給我吧。

Yes, _____.

Mom 做作業的時間到了。

Time to _____ _____ _____.

Boy 可以再玩10分鐘嗎？

Can I _____ 10 more minutes?

Mom 我們來讀書吧！

Let's _____ _____.

Girl 幾本書呢？

_____ books?

Mom 可以幫我一下嗎？

Can you _____ _____, please?

Boy 當然。我要怎麼幫你？

Sure. How can I _____ _____?

DAY
006
|
010

DAY 006

Why don't you take a nap?

怎麼不去睡個午覺呢？

唸1遍　　唸3遍

006-1.mp3　006-2.mp3

Why don't you~? 是用來表達「～怎麼樣？」「何不～呢？」的建議表達。使用 why 不一定是用來詢問原因。

 You look tired.

你看起來很累。

 Yeah. I am tired.

對呀，我好累。

 Are you sleepy?

你想睡嗎？

 Yes, Mom.

媽媽，我想睡。

 Why don't you take a nap?

怎麼不去睡個午覺呢？

 Yeah. I think I need one.

好呀，我覺得我需要睡一下。

Why don't you~? ～怎麼樣？；何不～呢？

在 Why don't you 之後接希望孩子去做的動詞就可以了。是表達「做～怎麼樣？」、「何不～？」的提議用法。

Why don't you sit down? 何不坐下呢？

Why don't you wash your hands? 何不洗個手呢？

Why don't you read some books? 何不閱讀幾本書呢？

請也記住表示提議與勸告的句型「You'd better~」。You'd better~ 是「你最好～」的意思，是用來勸告孩子該做什麼、不該做什麼時的表達方式，類似「你如果不～就會～」的威嚇語氣。語氣比 Why don't you~? 更為強烈。

You'd better do your homework. 你最好去做你的功課。

You'd better clean your room. 你最好去打掃你的房間。

一起讀今天的英語繪本

The Napping House
by Audrey Wood

這本書是 Audrey Wood 的代表作，主要描繪在雨天時正睡著午覺的孩子與動物的模樣。閱讀這本童書時，遇到反覆出現的句子時，請爸媽們稍微等孩子一下，讓孩子跟著讀完。

繪本中的每日一句

There is a house, a napping house, where everyone is sleeping.

有一間房子，一間所有人都在裡面睡覺的房子。

童謠欣賞

DAY 007

Do you want to go to the bathroom?

你想去上廁所嗎？

唸1遍　007-1.mp3
唸3遍　007-2.mp3

有注意過孩子去上廁所的模樣嗎？請試著用 go to the bathroom 的表達方式說說看。

 Do you want to go to the bathroom?

你想去上廁所嗎？

 No!

不想！

 Are you sure?

確定嗎？

 Mmm... Not really.

嗯…不太確定。

 Why don't you go and try?

要不要去試試看？

 All right, Mom.

好的，媽媽。

Do you want to~? 你想～嗎？

在 Do you want to 的後面使用動詞原形。這是在詢問孩子想要什麼東西時，非常實用的表達方式。

Do you want to wash your hands?　你想洗手嗎？

Do you want to take a shower?　你想洗澡嗎？

Do you want to watch TV?　你想看電視嗎？

Do you want to take a nap?　你想睡午覺嗎？

Do you want to take a rest?　你想休息嗎？

一起讀今天的英語繪本

Little Princess: I Want My Potty
by Tony Ross

這是一本將主角（小公主）可愛又好笑的模樣，以插畫方式來呈現的系列童書。這本童書還有 DVD 影片可以觀看，若有買這本童書，請搭配影片和書一起好好學習吧。這個系列會反覆出現特定句子，請隨人物角色的聲音，試著練習說說看吧。

繪本中的每日一句

She wants her potty.
她想要她的小便盆。

繪本朗讀　童謠欣賞

DAY 008

You should take a shower.

你該去沖個澡了。

唸1遍 008-1.mp3　唸3遍 008-2.mp3

把身體泡在浴缸裡的「泡澡」是 bath，「沖澡」叫做 shower。「沖澡」的動作叫做 take a shower。

 It's so hot today.

今天真的很熱。

 I feel so sticky.

我覺得好黏。

 You should take a shower.

你該去沖個澡了。

 Do I have to?

一定要嗎？

 Of course. You should take a shower now.

當然。你現在得去沖個澡。

 Then help me take off my clothes, please.

那麼請幫我脫衣服。

> **Tip**
>
> take a bath（泡澡，沐浴）
> take a shower（沖澡，淋浴）
> take a nap（睡午覺）
> 請記住這些片語的動詞都要使用 take。

38

should + 動詞原形　應該～

should 是「應該～」的意思，是助動詞，常使用於給予建議的時候。另外，不能單獨使用 should，後面必須使用動詞原形來表達。

You should get up early tomorrow.　你明天應該早點起床。

You should brush your teeth every morning.
你每天早上都應該要刷牙。

也有相近的表達：have to + 動詞原形。相較於 should，「have to」有更加強烈的義務感。

You have to do your homework before watching TV.
你必須在看電視之前把作業做完。

You have to eat the veggies on your plate.
你必須吃自己盤子裡的青菜。

一起讀今天的英語繪本

Where the Wild Things Are
by Maurice Sendak

這本書主要是關於主角馬克思前往怪物們所生活的國度中旅行的故事。這本書以激發孩子想像力的趣味內容，受到孩子們的喜愛。讀完這本童書之後，試著先在白紙上畫出怪物們所居住的國度，接著找張色紙，在色紙上畫好一棵一棵的樹後，把畫好的樹林黏貼到白紙上，拼湊出屬於自己的怪物世界。

繪本中的每日一句

The very night in Max's room a forest grew and grew.

就在那天晚上，馬克思的房間裡的森林越長越大，越長越大。

繪本朗讀

童謠欣賞

DAY 009

Have a nice day!
祝你有個美好的一天！

唸1遍 009-1.mp3　唸3遍 009-2.mp3

這句話是爸媽們對要去上學的孩子說的話，或是孩子對要出門上班的爸爸、媽媽也可以這麼說。Have a good day! 也可以用來表達一樣的意思。

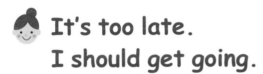 **It's too late.
I should get going.**

太晚了。我得走了。

Bye!

再見！

Have a nice day!

祝你有個美好的一天！

You, too!

你也是！

See you later.

待會見。

See you later, alligator.

待會見，小鱷魚。

> **Tip**
> · See you later, alligator.
> · After a while, crocodile.
> · Bye, bye, butterfly.
> 以上都是道別時所使用的英文表達，因為唸起來有押韻的感覺，所以是輕鬆、有趣的表達方式。

〈After a While, Crocodile〉歌曲

Have a nice ~ 　祝你有個愉快的～

Have a nice 後面可以接名詞，造出各種表達方式。這是在日常生活中很常使用的表達方式，請熟記並試著應用。

Have a nice weekend! 　　祝你有個愉快的周末！

Have a nice evening! 　　祝你有個愉快的夜晚！

Have a nice holiday! 　　祝你有個愉快的假期！

Have a nice trip! 　　　祝你旅途愉快！

Have a nice meal! 　　　祝你用餐愉快！

一起讀今天的英語繪本

Good Night, Gorilla
by Peggy Rathmann

這個故事是有關於一隻偷偷跟在動物園飼養員大叔背後繞來繞去、並把動物們都放出來的可愛猩猩。對於第一次接觸英語童書的孩子來說，這本非常推薦，因為裡面使用簡潔的句子、有趣的圖片以及重複的短句，有助於讓孩子對英語童書產生興趣。在讀完書之後，請上網找圖片素材來製作動物園，並試著扮演書中的角色，來重新理解書本的內容。

繪本中的每日一句

Good night, Lion.

晚安，獅子。

繪本朗讀　　童謠欣賞

41

DAY 010

Sweet dreams!
祝你有個好夢！

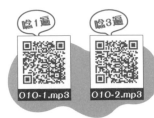

唸1遍 010-1.mp3　唸3遍 010-2.mp3

這是睡前對孩子說的問候語。請注意「夢」這個單字在英文中是 dreams，要用複數形表達。

 It's 9 o'clock.

9 點了。

 Already?

已經 9 點了？

 You should go to bed now.

你現在該上床睡覺了。

 Really?

真的嗎？

 Yes. Sweet dreams!

對，祝你有個好夢！

 Good night!

晚安！

 Tip

「搖籃曲」的英文是 lullaby。代表性的搖籃曲有《Hush Little Baby》、《Rock-a-bye Baby》、《Are You Sleeping?》、《Twinkle Twinkle Little Star》等。

 〈Hush Little Baby〉歌曲

除了 Sweet dreams! 以外,還有哪些跟孩子道晚安的其他表達方式呢?試著找一天晚上對孩子說說看吧!

Have a good night! 　　　晚安!

Sleep tight! 　　　好好睡!

Sleep well! 　　　好好睡!

Nighty night! 　　　晚安!

Good night! 　　　晚安!

一起讀今天的英語繪本

Goodnight Moon
by Margaret Wise Brown

這是一本適合在睡前讀給孩子聽的書。本書主要是關於主角兔子寶寶向家裡的東西一一道晚安的內容。請跟孩子一起揮揮手,一邊說著 Good night! 的同時,一邊讀故事給孩子聽。

繪本中的每日一句

Goodnight moon.
Goodnight cow jumping over the moon.

晚安,月亮。晚安,跳過月亮的乳牛。

繪本朗讀　　童謠欣賞

Mom 怎麼不去睡個午覺呢？
Why _____ _____ take a nap?

Girl 好，我覺得我需要睡一下。
Yeah. I think I need one.

Mom 你想去上廁所嗎？
Do you _____ _____ go to the bathroom?

Boy 不想！
No!

Mom 你該去沖個澡了。
You _____ _____ a shower.

Girl 一定要嗎？
Do I _____ _____?

Mom 祝你有個美好的一天！
Have _____ _____ _____!

Boy 你也是！
You, too!

Mom 祝你有個好夢！
Sweet _____!

Girl 晚安！
Good _____!

DAY
011
-
015

Time to study!

DAY 011

Couldn't have been better!

好到不能再好了！

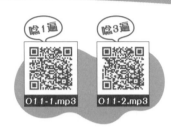

Couldn't have been better 是「當時的狀態不會比這更好了！」、「好到不能再好了！」、「心情超棒！」的意思，強烈表達正面的意義。請別因為句子中用了否定詞的 not，而將這個表達方式解讀為負面意義。

 ## Hi, Mom!

嗨，媽媽！

 ## Hi, sweetie!

嗨，寶貝！

 ## How was your day, Mom?

媽媽，你今天過得怎麼樣？

Couldn't have been better! How was yours?

好到不能再好了！你呢？

Great! My teacher gave me two stickers for helping my friends.

超棒！老師給了我兩張貼紙，因為我幫助了我的朋友。

 ## Good for you!

很棒！

How was~? ～怎麼樣？

可以使用 How was 來詢問孩子們發生的事情以及想法。這個表達方式很適合用在問其他更具體的問題之前。

How was your lunch? 午餐怎麼樣？

How was school today? 今天在學校過得怎麼樣？

How was your piano lesson? 你的鋼琴課上得怎麼樣？

How was your new teacher? 你的那位新老師怎麼樣？

How was your field trip? 校外教學怎麼樣？

一起讀今天的英語繪本

Rosie's Walk
by Pat Hutchins

這是個關於一隻想把出來散步的主角羅絲抓來吃，但卻被耍得團團轉的狐狸的故事。一邊觀察羅絲和狐狸的表情，一邊讀這本書會更加有趣。如果爸媽們用身體表現出狐狸被耍的畫面來讀這本書的話，孩子們會覺得故事津津有味。讀完這本書之後，請試著製作羅絲跟狐狸的人偶，並重新把故事內容演出來。

繪本中的每日一句

Rosie the hen went for a walk.

母雞羅絲出門去散步。

繪本朗讀　童謠欣賞

DAY 012

Go get your jacket.
去把你的外套拿來吧。

要跟孩子一起出門之前，很有可能會說這句吧？
「去把～拿來」用 go get 來表達就行了。

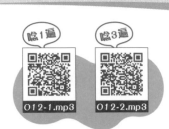

唸1遍　唸3遍
012-1.mp3　012-2.mp3

 Mom! Can we go to the playground?

媽媽！我們可以去遊樂園嗎？

It's pretty cold outside.

外面滿冷的。

 But I want to play with my friends.

但是我想跟朋友一起玩。

Ok! Go get your jacket.

好吧！去把你的外套拿來吧。

 Yeah!

耶！

(a while later)

（一會兒之後）

Let's go!

走吧！

Go get~　去把～拿來

這是要求他人去把某個東西拿來的時候所使用的表達方式。原本是 Go and get~，但是通常省略 get，使用 Go get~ 的形態。

Go get your scissors.　　　去把你的剪刀拿來吧。

Go get your dad.　　　去叫你的爸爸過來吧。

Go get your socks.　　　去把你的襪子拿來吧。

Go get my phone.　　　去把我的手機拿來吧。

Go get my car key.　　　去把我的車鑰匙拿來吧。

一起讀今天的英語繪本

Blue Hat, Green Hat
by Sandra Boynton

一群動物穿著各式各樣的服裝搞笑登場的這本書，深受孩子們的喜歡。一邊閱讀的同時，請試著說說自己周圍有沒有相同顏色的衣服。在讀完書之後，請利用家裡有的娃娃，仿照書中內容一邊試著描述顏色和服裝，一邊說 Oops~。

繪本中的每日一句

**Yellow hat, Green shirt,
Blue pants, Red shoes!**

黃帽子、綠襯衫、藍褲子、紅鞋子！

繪本朗讀　童謠欣賞

49

DAY 013

What kind of juice do you want?

你想喝哪種果汁？

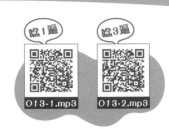
唸1遍 013-1.mp3　唸3遍 013-2.mp3

在遊樂園玩耍完之後回家的孩子肯定都會口渴，請試著使用 what kind of（什麼種類的）來問問孩子要喝什麼樣的飲料。

 You're sweating so much.

你流了很多汗。

 I'm thirsty.
Can I drink some milk?

我好渴。我可以喝一點牛奶嗎？

 Sorry. We only have some juice.

抱歉，我們只有一點果汁喔。

 Juice is fine.

果汁也很好。

 What kind of juice do you want?

你想喝哪種果汁？

 Apple juice, please.

蘋果汁，謝謝。

What kind of~? 什麼種類的～？ / 哪種的～？

是詢問什麼種類時，常使用的表達方式。What type of~? 或是 What sort of~?也都是相同意義的表達方式。

What kind of food do you want? 　　你想要哪種食物？

What kind of ice cream do you want? 　你想要哪種冰淇淋？

What kind of soup do you want to have?
你想要喝哪種湯？

What kind of music do you want to listen to?
你想聽哪種音樂？

What kind of salad dressing do you want?
你想要哪種沙拉醬？

一起讀今天
的英語繪本

Brown Bear, Brown Bear, What Do You See?
by Bill Martin Jr. & Eric Carle

這是作家 Eric Carle 的代表作品，本書的特色是有
各種動物的登場。和孩子們一同討論書中插畫的動
物和顏色，並在閱讀的同時，猜猜下一頁會出現什
麼樣的動物。在讀完這本書之後，請試著畫出各種
動物並著色，之後就能利用這些圖片來創作出屬於自己的故事。

繪本中的每日一句

Brown Bear, Brown Bear, what do you see?
棕熊、棕熊，你看到了什麼？

繪本朗讀　　童謠欣賞

DAY 014

Slow down!
慢慢走喔！

在孩子跑太快，或是騎腳踏車的時候，出於擔心很自然地就會對孩子說，要放慢速度，對吧？請一邊想像自己對孩子講「速度要放慢」的情境，一邊說說看 Slow down!。

唸1遍 唸3遍

014-1.mp3　014-2.mp3

 You're running too fast.

你跑太快了！

 I can run very fast.

我可以跑得很快。

 Slow down!

慢慢走喔！

 **Run, run, run.
As fast as you can.**

跑、跑、跑，能跑多快就跑多快。

 **Slow down!
You can get hurt.**

慢一點！你會受傷的。

 Catch me if you can.

看你可不可以抓到我啊。

 Tip

Run, run, run. As fast as you can. 這句話是鵝媽媽經典童謠系列之中的《The Gingerbread Man》裡所出現的句子。這個句子和另一句話 You can't catch me. I'm the Gingerbread Man! 都是書中的經典名句，請把這些句子記起來，並在孩子奔跑的時候對孩子說說看。

 <The Gingerbread Man>
動畫

52

You're -ing （原來）你正在～啊

是描述孩子正在進行某動作時，可使用的表達方式。請記得要在孩子動作的動詞字尾加上 ing。

You're **drawing a tree.**　　　　原來你正在畫畫啊。

You're **brushing your teeth.**　　原來你正在刷牙啊。

You're **doing your homework.**　原來你正在做功課啊。

You're **playing with your toys.**　原來你正在玩玩具啊。

You're **playing with blocks.**　　原來你正在玩積木啊。

一起讀今天
的英語繪本

Five Little Monkeys Jumping on the Bed
by Eileen Christelow

這是關於一群小猴子睡前在床上跳著跳著，然後一一跌下床的故事。請試著模仿小猴子的模樣，和孩子一起在床上一邊跳著、一邊大喊 Jump!。因為書中反覆出現同樣句型的句子，所以孩子們馬上就能記住並開口說。讀完這本書之後，請想想除了猴子以外，還有什麼動物會在床上跳。接著幫這些動物取名字、編號，然後試著創作出新的故事吧！

繪本中的每日一句

Five little monkeys jumped on the bed.

五隻小猴子在床上跳著。

繪本朗讀

童謠欣賞

53

DAY 015

Say "Thank You."
說謝謝。

O15-1.mp3　O15-2.mp3

有人給孩子食物或是禮物的時候，都會需要孩子跟人道謝吧？簡單地把 say（說）和 Thank you（謝謝）結合起來說說看吧。

Sumin's mom gave me this candy.

秀敏的媽媽給了我這個糖果。

Did you say "Thank you"?

你有說謝謝嗎？

No, I forgot.

沒有，我忘記了。

Then go back. Say "Thank you."

那麼回去跟她說「謝謝」。

Okay.

好的。

Good boy!

好乖！

Say~ 說~

這是在教導孩子時常用的表達方式。除了用在教孩子要有禮貌說某句話之外，也可用在拍照的時候，或是用在餵孩子吃藥或要孩子把嘴巴張開的時候。Say 後面直接加上單字或是句子就可以了。

Say "Good night!"	說「晚安。」
Say "Please!"	說「請。」
Say "Cheese!"	說「起司。」
Say "Ahh~."	說「啊。」
Say "Bye."	說「再見。」

一起讀今天
的英語繪本

Press Here
by Hervé Tullet

這是法國作家 Hervé Tullet 的代表作。可以在和孩子一起用手指按壓、摩擦書中的彩色圓圈的同時，用像玩遊戲的方式，來讀這本探索顏色的童書。在讀完書之後，請試著仿照書中出現的內容一樣，把水彩的顏色混合在一起。

繪本中的每日一句

Press here and turn the page.
請按這裡，然後翻頁。

繪本朗讀

Review 請看圖說說看

Boy 媽媽，你今天過得怎麼樣？

How _____ _____ _____, Mom?

Mom 好到不能再好了！

Couldn't _____ _____!

Mom 去把你的外套拿來吧。

Go _____ _____ _____.

Girl 耶！

Yeah!

Mom 你想喝哪種果汁？

What _____ _____ juice do you want?

Boy 蘋果汁，謝謝。

Apple juice, please.

Mom 慢慢走喔！

_____ _____!

Girl 跑、跑、跑，能跑多快就跑多快。

Run, run, run. _____ _____ _____
you can.

Mom 說「謝謝。」

Say "_____ _____."

Boy 好的。

Okay.

56

DAY
016
I
020

Time to study!

DAY 016

I'm making a special treat.

我在做特別的點心。

唸1遍 016-1.mp3　唸3遍 016-2.mp3

孩子來到正在做菜的媽媽身旁，並問媽媽在做什麼菜，孩子這樣的舉動真的非常可愛吧？「做特別的點心」用英文說就是 make a special treat。

What are you doing, Mom?

媽媽你在做什麼？

I'm making a special treat.

我在做特別的點心。

★ treat 指的是像巧克力、糖果或是冰淇淋等很甜或是很特別的點心。

<The Ice Cream>
超級簡單的歌

Wow! What is it?

哇！是什麼？

It's a very special surprise cake.

是一個非常特別的驚喜蛋糕。

Uh-oh, we've run out of milk.

喔不，我們沒有牛奶了。

Let's go to the store.

我們去商店吧！

Let's + 動詞原形　我們～吧

Let's 後面使用動詞原形，就能表達出向他人提議一起做某事的含意。請務必記得要使用動詞原形這一點。

Let's sing together.	我們一起唱歌吧。
Let's play a board game.	我們來玩桌遊吧。
Let's go home.	我們回家吧。
Let's clean the living room.	我們來整理客廳吧。
Let's read some books.	我們來讀書吧。

一起讀今天的英語繪本

An Elephant & Piggie Book: I Love My New Toy!
by Mo Willems

本書的特色是用了像漫畫一樣的對話框來進行對話。請試著先把書中的角色印出來或是畫出來，接著製作小玩偶來進行角色扮演。也可以試著說說自己最喜歡的玩具，或是把它畫出來。

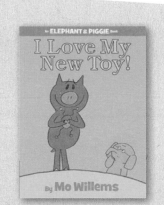

繪本中的每日一句

Do you want to play with my new toy?

你想玩我的新玩具嗎？

繪本朗讀　童謠欣賞

DAY 017

I think we're done shopping.
我想我們買完了。

唸1遍　唸3遍

017-1.mp3　017-2.mp3

「be 動詞+done+動詞-ing」是指把某個動作「都做完了」的意思。在購物完之後，請試著大聲說出 Done shopping!。

Let's go over our shopping list.
Do we have anything else to buy?

我們來確認一下購物清單吧。
我們還有其他什麼要買的嗎？

I don't think so.

應該沒有。

★ grab 是「抓」的意思；a bite 是「一口」的意思，結合在一起成 grab a bite 便是「簡單地吃點東西」或是「吃一口」的意思。

I think we're done shopping.
Do you want to go grab a bite?

我想我們買完了。你想不想吃點東西？

How about a sandwich?

三明治怎麼樣？

60

How about~? ～怎麼樣？

和 Why don't you ~? 類似，皆為婉轉地向對方提出自己的建議時所使用的表達方式。由於 about 是介系詞，所以後面需要使用名詞或是動名詞（動詞-ing）。

How about some candy? 來點糖果怎麼樣？

How about chocolate chip cookies? 巧克力碎片餅乾怎麼樣？

How about taking a picture? 拍張照怎麼樣？

How about tidying up? 打掃一下怎麼樣？

How about reading books? 讀個書怎麼樣？

一起讀今天的英語繪本

Orange Pear Apple Bear
by Emily Gravett

以主角熊以及柳橙、梨子、蘋果為特色的這本書，閱讀起來相當輕鬆，而且透過可愛的插圖也很容易理解。因為本書內容是以很好理解的押韻（rhyme）單字所構成的，所以請在閱讀時找找押韻的單字。

繪本中的每日一句

Orange pear. Apple bear.

橘色的梨子，像蘋果一樣的熊。

童謠欣賞

DAY 018

Fasten your seatbelt, please.

請繫上安全帶。

上車之後的第一件事，就是要繫上安全帶吧？
seat 的意思是「座位」，因為「安全帶」是在
座位上繫的帶子，所以稱作 seatbelt。

唸1遍 O18-1.mp3　唸3遍 O18-2.mp3

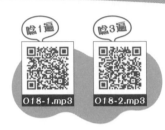

 Fasten your seatbelt, please.

請繫上安全帶。

 I can't do it.

沒辦法。

 Why don't you try again?

何不再試試看？

 It's tricky.

很難用。

 Are you done?

好了嗎？

 Yes, I did it.

好了。我做到了。

 Tip

Buckle your seatbelt.
Put on your seatbelt.
「繫上安全帶」也能用上面的句子
來表達。相反地，「解開安全帶」
則是 Unbuckle your seatbelt。

 <Seatbelt>歌曲

I can't + 動詞原形　我沒辦法～；我不會～

can't 是助動詞 can 的否定形，意思是「沒辦法～」、「不會～」。如果想要說沒辦法做某事的時候，在 I can't 後面加上動詞原形就可以囉！

I can't run fast.	我沒辦法跑很快。
I can't ride a bike.	我不會騎腳踏車。
I can't jump rope.	我不會跳繩。
I can't eat anymore.	我沒辦法再吃了。
I can't sing anymore.	我沒辦法再唱了。

一起讀今天的英語繪本

My Dad
by Anthony Browne

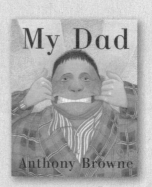

作家 Anthony Browne 最具代表性的這本書，將孩子們對於爸爸的感情表達得非常好。讀完本書之後，請和孩子一起把爸爸畫出來。另外，也可以搭配閱讀 Anthony Browne 的另一本書《My Mom》。請畫畫看自己的家人，並練習說說看有什麼事情是家人們可以做的、什麼事情是家人不能做的。

繪本中的每日一句

He can swim like a fish.

他（爸爸）像魚一樣會游泳。

童謠欣賞

DAY 019

Is that what you want?
這是你想要的嗎？

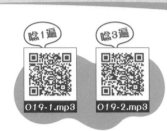

唸1遍 019-1.mp3　唸3遍 019-2.mp3

用英文說「你想要的」就是 what you want；「你聽到的」就是 what you heard；「你看到的」就是 what you saw。請把整個表達方式記下來，並練習說說看。

 Do you want to listen to music?

你想聽音樂嗎？

 I want to listen to a story.

我想聽故事。

What story do you want?

你想聽什麼故事？

Mmm... *Chicka Chicka Boom Boom*!

嗯…《嘰喀嘰喀碰碰》！

Is that what you want?

這是你想要的嗎？

Yes, please.

對，請放給我聽吧。

What do you want to ~? 你想要~什麼？

是詢問對方意見或喜好時，所使用的表達方式。to 後面使用動詞原形就可以了。

What do you want to do? 你想做什麼？

What do you want to watch? 你想看什麼？

What do you want to wear? 你想穿什麼？

What do you want to have for lunch? 你午餐想吃什麼？

What do you want to make with blocks?
你想用積木做出什麼？

一起讀今天的英語繪本

Chicka Chicka Boom Boom
by Bill Martin Jr. & John Archambault

這是一本學習者於初次學習英文字母時，能用故事的方式熟悉字母的好書。請試著在書中找出圖片中的字母，並用手指跟著寫字母。在讀完書之後，請把大樹的圖片貼到牆上，並在樹上貼上寫著數字的小樹葉，來創造出自己的字母樹。

繪本中的每日一句

I'll meet you at the top of the coconut tree.
我會在椰子樹的頂端與你見面。

繪本朗讀　字母歌欣賞

DAY O2O

Could you hold the door for me?

可以幫我扶一下門嗎？

這是當手上拿著很多東西，要請別人幫忙把門扶著的時候所使用的表達方式。請想像一下孩子扶著門等待的樣子，並說說看 hold the door。

 We bought so many things!

我們買了很多東西呢！

 Right.

對啊。

 It's hard to carry them all.

很難全部拿進去。

 Do you need help?

你需要幫忙嗎？

 Yes. Could you hold the door for me?

好，可以幫我扶一下門嗎？

 OK. I will.

好的，我來扶。

Could you~? 可以幫我~嗎？

在請求他人時的用法，是比 Can you~? 更恭敬的表達方式。和 Can you~? 一樣，Could you 後面也使用動詞原形。

Could you hold the elevator?　　可以幫我按著電梯嗎？

Could you carry my bag?　　可以幫我提一下包包嗎？

Could you go play in your room?　　可以到你的房間玩嗎？

Could you get me a tissue?　　可以給我一張衛生紙嗎？

Could you bring me a cup of water?
可以拿一杯水給我嗎？

一起讀今天
的英語繪本

Guess How Much I Love You
by Sam McBratney

這是一本可以讓父母用多種不同方式向孩子
表達愛意的童話書。透過本書中主角兔子們
之間的對話，便能感受到父母有多麼愛自己
的孩子。當讀到故事主角說出「有如～這麼地
愛」這句話時，除了試著模仿主角的表情，也利用肢體動作來模仿
主角。在讀完本書之後，請練習試著用多樣化的比喻，來說說你有
多麼愛自己的孩子吧。

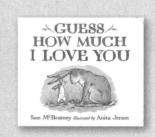

繪本中的每日一句

I love you as high as I can hop.

我能跳得多高，我就愛你多深。

繪本朗讀　　童謠欣賞

Girl 你在做什麼，媽媽？

What _____ _____ _____, Mom?

Mom 我在做特別的點心。

I'm _____ a special treat.

Mom 我想我們買完了。

I think we're _____ _____.

你想不想吃點東西？

Do you want to go _____ _____ _____?

Mom 請繫上安全帶。

Fasten _____ _____, please.

Girl 沒辦法。

_____ _____ do it.

Mom 這是你想要的嗎？

Is that _____ _____ _____?

Boy 是的，請放給我聽。

Yes, please.

Mom 可以幫我扶一下門嗎？

Could _____ _____ the door for me?

Girl 好的，我來扶。

OK. _____.

DAY
021
–
025

DAY 021

Don't pick your nose!
不要挖鼻孔！

這句可說是教導孩子良好生活習慣時最常說的話之一了。「挖鼻孔」的英文是 pick your nose，請記下來並試著說說看。

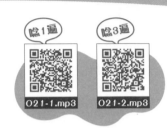

唸1遍 021-1.mp3　唸3遍 021-2.mp3

 What are you doing?

你在做什麼？

 Nothing!

沒有！

 Are you picking your nose?

你在挖鼻孔嗎？

 No, I'm not.

我沒有。

 I can see you. Don't pick your nose!

我看到了。不要挖鼻孔！

 All right.

好。

Don't + 動詞原形　不要～

這是當孩子在做不正確的舉動時，用來制止孩子的表達方式。這個表達方式有警告孩子「別那麼做」的意義。在 Don't 後面加上動詞原形即可。

Don't **hit your brother.**　　　不要打你哥哥（或弟弟）。

Don't **splash water.**　　　不要把水潑出來。

Don't **jump on the couch.**　　　不要在沙發上跳。

Don't **run in the living room.**　　　不要在客廳裡跑。

Don't **draw on the walls.**　　　不要在牆上畫畫。

一起讀今天
的英語繪本

Where Is Baby's Belly Button?
by Karen Katz

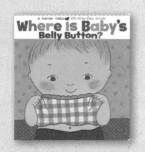

這是一本像是在玩捉迷藏一樣，尋找身體各部位在哪裡的翻翻書。請在孩子一邊翻頁的同時，唸書給孩子聽吧。請試著如書中所呈現的，利用家中有的物品或衣物來遮住孩子的嘴巴和眼睛等身體部位，接著問孩子該部位在哪，然後說出 There it is! 並找出來。在讀完書之後，請唱〈Head, Shoulders, Knees and Toes〉這首歌。如果孩子喜歡這本書的話，也可以讀讀 Karen Katz 的其他書。

繪本中的每日一句

Where is baby's mouth?

寶寶的嘴巴在哪裡呢？

繪本朗讀　童謠欣賞

DAY 022

Stop running, please.
請不要跑。

唸1遍 022-1.mp3　唸3遍 022-2.mp3

這是為了避免孩子製造樓層間的噪音，或是擔心孩子跌倒，逼不得已常掛在嘴邊的一句話。stop 後面使用的是 run（跑步）的 -ing 形態，合起來就是 Stop running!。

 Stop running, please.

請不要跑。

 I like running.

我喜歡跑步。

 You can run outside.

你可以在外面跑步。

 But I want to run right now.

但是我想要現在跑。

 Then put your running shoes on. Let's go outside.

那麼穿上你的慢跑鞋。我們出去吧！

 Tip

You can run only if you have your runners on.
請訂出要穿慢跑鞋才能跑步的規矩，教導孩子在室內不能跑步。

72

I like -ing 我喜歡做～

like 後面使用動詞 -ing 的形態時，就能表達出「我喜歡做～」的意思。

I like singing.	我喜歡唱歌。
I like dancing.	我喜歡跳舞。
I like building blocks.	我喜歡堆積木。
I like jumping on the bed.	我喜歡在床上跳。
I like reading books.	我喜歡讀書。

一起讀今天的英語繪本

There Was an Old Lady Who Swallowed a Fly
by Simms Taback

請和孩子一起練習說說看主角老太太在一口吞下動物時，反覆說的句子。請事先準備好與故事中出現的動物相關的玩具或圖片，並在唸故事的同時，用玩具或圖片模仿這些角色。

繪本中的每日一句

She swallowed the spider to catch the fly.

她（老太太）為了抓住蒼蠅而把蜘蛛一口吞下了。

繪本朗讀　童謠欣賞

DAY 023

Sit up, please.
請坐好。

在看書或是吃飯的時候，如果發現孩子的姿勢不端正，請試著使用這個表達方式。請想像孩子把腰挺直坐好的樣子，接著試著說說看 Sit up!。

 What are you doing?

你在做什麼？

 I'm watching TV.

我在看電視。

Don't watch TV on your stomach!

不要趴著看電視！

★ on your stomach 是肚子貼在地板上的樣子，也就是趴著的模樣。相反地，on your back 指的則是背貼在地板上躺著的樣子。

I'm tired.

我很累。

Sit up, please.

請坐好。

Okay.

好。

on your + 身體部位名詞　用〜、在〜

on your 後面接上身體部分的名詞，就能說出多樣化的表達。

Don't sleep on your stomach!　不要趴著睡覺！

Don't watch TV on your back!　不要躺著看電視！

You have something on your face.　你臉上有東西。

How many books can you put on your head?
你可以在頭上放幾本書？

一起讀今天的英語繪本

The Little Mouse, the Red Ripe Strawberry, and the Big Hungry Bear

by Audrey Wood & Don Wood

這是一本保護草莓避免被肚子餓的熊吃掉的故事。
本書內含豐富的圖片以及簡潔的句子，年紀小的孩子也能輕鬆理解。請試著模仿故事後半部把草莓切一半的畫面，就如故事中的插圖一樣，假裝把草莓切一半，並和孩子一起吃的模樣。在讀完本書之後，請和孩子一起吃真正的水果，並說說看書裡的句子。

繪本中的每日一句

Hello, little mouse. What are you doing?

哈囉，小老鼠。你在做什麼呢？

繪本朗讀

童謠欣賞

75

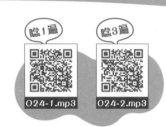

DAY
024

○ 複習 Day 023 → ○ 聽 MP3 → ○ 會話跟讀 → ○ 一起讀今天的英語繪本

Close your mouth while you eat.

吃東西的時候，要把嘴巴閉起來。

在吃東西的時候發出聲音，或是把食物含在嘴裡說話，是很沒禮貌的吧？請試著想像孩子嘴巴鼓鼓地吃東西的樣子，並說說看 Close your mouth!。

唸1遍　唸3遍

024-1.mp3　024-2.mp3

Honey! Don't make noises while you eat.

寶貝，吃東西的時候不要發出聲音。

Okay.

好的。

Close your mouth while you eat.

吃東西的時候，要把嘴巴閉起來。

I am closing my mouth.

我現在正在閉。

Don't talk with your mouth full.

嘴巴塞滿東西的時候不要說話。

Mommy! You should not talk while you eat.

媽媽，你吃東西的時候，也不要說話。

while + 主詞 + 動詞　在（做）～的時候

這是同時在做兩動作時所使用的表達方式。while 的後面使用「主詞＋動詞」形態就行了。

Don't watch TV while you eat.　吃東西的時候不要看電視。

Don't walk around while you eat.　吃東西的時候不要到處走動。

Don't talk while you brush your teeth.
刷牙的時候不要講話。

Don't use your phone while you drive.
開車的時候不要用電話。

Listen to music while you paint.　畫畫的時候試著聽聽音樂。

一起讀今天的英語繪本

We're Going on a Bear Hunt
by Michael Rosen & Helen Oxenbury

這是一本敘述主角們為了獵熊，穿過森林、渡過河川的故事。請試著一邊想像主角們一一突破困境、出外獵熊的畫面，一邊讀這本故事書。請把書中不斷重複的句子大聲地唸出來。
在讀完這本書之後，請先找一隻熊娃娃，接著利用椅子、枕頭等物品做出障礙物，並和孩子一起出發去獵熊吧。

繪本中的每日一句

We're going on a bear hunt.
We're going to catch a big one.

我們要去獵熊。我們會抓到一隻大的（熊）。

DAY 025

○ 複習 Day 024 → ○ 聽 MP3 → ○ 會話跟讀 → ○ 一起讀今天的英語繪本

Cover your mouth, please.
請遮住你的嘴巴。

唸1遍 025-1.mp3　唸3遍 025-2.mp3

cover 的意思是「遮住」、「蓋住」，而 elbow 的意思是「手肘」。請試著想像咳嗽時用手臂遮住嘴巴的樣子，並練習說說看 Cover your mouth with your elbow。

 Do you have a cold?

你感冒了嗎？

 I think so.

好像是。

 Do you cough a lot?

你一直在咳嗽嗎？

 A little bit. Ah-choo!

有咳一點。哈啾！

 Cover your mouth with your elbow, please.

請用手肘遮住你的嘴巴。

 Okay.

好的。

 Tip

雖然也可以說 Cover your mouth. 或是 Cover your mouth with your hand，但是因為病菌會傳染的關係，所以外國人不說用手，而是習慣說用手肘。

Do you have a + 名詞？ 你（有）～嗎？

詢問孩子不舒服、有哪些症狀時所使用的表達方式。

Do you have a fever?　　　你有發燒嗎？

Do you have a runny nose?　你有流鼻水嗎？

Do you have a stomachache?　你肚子痛嗎？

Do you have a bad cough?　你咳嗽有很嚴重嗎？

Do you have a paper cut?　你手被紙割到了嗎？

一起讀今天的英語繪本

Shh! We Have a Plan
by Chris Haughton

這本書描述可愛的主角們為了補抓鳥兒而做出了各種好笑的行為，是一本會讓孩子們喜歡的英語童話書。請反覆多唸幾遍書中簡單的句子。在讀完書之後，請試著把小鳥玩偶藏在家裡的各個角落，然後模仿書中的獵人一樣，安靜地說出 We have a plan!，然後開始進行尋找小鳥玩偶的遊戲。

繪本中的每日一句

Would you like some bread?

你要不要來點麵包？

繪本朗讀　童謠欣賞

Review 請看圖說看

Mom　不要挖鼻孔！

Don't _____ _____ _____!

Boy　好的。

All right.

Mom　請不要跑。

Stop _____, please.

Girl　我喜歡跑步。

I _____ _____.

Mom　請坐好。

Sit _____, please.

Boy　好的。

Okay.

Mom　吃東西的時候，要把嘴巴閉起來。

Close your _____ _____ _____
_____.

Girl　我現在正在閉。

I am _____ _____.

Mom　請用手肘遮住你的嘴巴。

Cover _____ _____ _____ your
elbow, please.

DAY
026
|
030

Time to study!

DAY 026

Brush your teeth, now!
現在去刷牙！

我們在刷牙的時候，不會只刷一顆牙齒，而是全部的牙齒，所以使用 tooth 的複數形 teeth。請一邊把牙刷頭想成是梳子，一邊說說看 brush your teeth。

唸1遍

026-1.mp3

唸3遍

026-2.mp3

 Good morning!

早安。

 Good morning!

早安。

 Did you get a good night's sleep?

你睡得好嗎？

 Yeah.

有。

 Good! Brush your teeth, now! Squeeze some toothpaste on your toothbrush.

很好！現在去刷牙！
在你的牙刷上擠一些牙膏。

 Tip

請在指示孩子刷牙方向時，這樣說說看！
back and forth（前前後後）
up and down（上上下下）
left to right（左到右）

<Brush Your Teeth>
超簡單歌曲

82

不規則複數名詞

想把名詞變成複數形的話，需要在名詞後面加上 s 或是 es；名詞後面若有 y 的時候，需要把 y 去掉並加上 ies。不過有些名詞不適用這樣的規則，如果遇到這些名詞，請把它們的複數形一起記下來。請練習把不規則的複數名詞放入下方的空格練習說說看。

> **There are** ___不規則複數名詞___ .
>
> 例：There are mice.

單數	複數	單數	複數
mouse	mice　老鼠群	fish	fish　魚群
man	men　男人們	sheep	sheep　綿羊群
person	people　人們	deer	deer　鹿群
child	children　孩子們	aircraft	aircraft　飛機群
foot	feet　雙腳		

一起讀今天的英語繪本

Brush Your Teeth Please
by Jean Pidgeon

這是一本有各種動物刷牙模樣的立體書（pop-up book）。因為牙刷會動，所以孩子們非常喜歡。在牙刷擺動、動物們在刷牙的時候，請一邊說 up and down，一邊讀這本書。最後登場的鯊魚甚至還會使用牙線呢。在讀完書之後，請孩子試著用牙刷幫家裡的娃娃們刷刷牙吧。

繪本中的每日一句

Bears brush their teeth up and down.

熊熊們上上下下地刷著自己的牙齒。

繪本朗讀　　童謠欣賞

DAY 027

Don't play with your food!

不要玩食物！

命令孩子不要做某件事的時候，使用 Don't 或是 Stop。在 Stop 的後面加上動詞 ing 的形態；Don't 的後面使用動詞原形。

 Have some vegetables.

請吃一點蔬菜。

 I don't like vegetables.

我不喜歡蔬菜。

Don't play with your food! It's messy.

不要玩食物！很髒。

I made the letter V with the carrot sticks.

我用紅蘿蔔條排出了字母 V。

I can tell. Now eat your carrots, please.

我看得出來。現在請把你的紅蘿蔔吃掉。

Carrots are yucky.

紅蘿蔔很噁心。

play with + 名詞　玩～

要說「拿～來玩」的時候，需要跟介系詞 with 一起使用。play with 後面放孩子們拿著玩的玩具，就有「玩～玩具」的意思。請注意 play 除了「玩」以外，也有「玩弄某物品」的意思。

Do you want to play with toy cars?　你想玩玩具車嗎？

Do you want to play with your friends?
你想跟你的朋友玩嗎？

Don't play with your cookies!　不要玩你的餅乾！

Stop playing with my cell phone!　不要玩我的手機！

一起讀今天的英語繪本

No, David!
by David Shannon

這一個關於調皮鬼大衛的故事書。叫大衛不要做的事情，他卻全部都做了。閱讀過這本書的孩子們都非常喜歡這樣的大衛，閱讀得津津有味。雖然大衛是個調皮鬼，但是對媽媽來說，他是個絕無僅有的寶貝孩子。請各位爸媽用生動有趣的方式讀這本書給孩子聽，唸到最後的 I love you. 部分時，請輕輕地抱一下孩子。在讀完這本書之後，請把在家裡需要遵守的規定都畫出來或是寫出來，並試著做成海報。

繪本中的每日一句

Don't play with your food!
不要玩你的食物！

總本朗讀　　童書閱讀

DAY 028

Can you make your bed?

你會自己整理床鋪嗎？

唸1遍 唸3遍

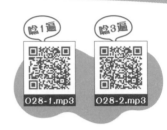

028-1.mp3　028-2.mp3

為了讓孩子養成良好的習慣，以及獨立自主的能力，請要求孩子自己整理床鋪。請站在準備要整理的床旁邊，並對孩子說出 make your bed。

 Can you make your bed?

你會自己整理床鋪嗎？

 I don't know how.

我不知道怎麼弄。

 Let me show you how.

我做給你看。

First, smooth the bed sheet.

首先，把床單攤平。

Next, put the pillows on your bed.

接著，把枕頭都放到床上。

Then, pull up the blanket. All done!

然後把毯子拉上來。完成！

 Tip

Make it neat!（弄整齊）
Looks neat!（看起來很整齊）

當孩子在整理的時候，請試著這樣說說看。當孩子在著色或寫字的時候，也能使用 Looks neat! 這句，表示畫得很好、工整。

<Make the Bed>
歌曲

I don't know how to~ 我不知道怎麼~

請在 how 的後面使用 to 不定詞,試著說說看「我不知道要怎麼~」或是「我不知道要如何~」。若是把 how to 改成 what to 就是「我不知道要~什麼」的意思。

I don't know how to thank you. 我不知道該怎麼謝謝你。

I don't know how to make it. 我不知道要怎麼做出來。

I don't know what to say. 我不知道要說什麼。

I don't know what to do. 我不知道要做什麼。

I don't know what to eat. 我不知道要吃什麼。

一起讀今天的英語繪本

I Want My Hat Back
by Jon Klassen

這本書是關於一隻把帽子弄丟的熊,向動物們詢問有沒有看到他的帽子的故事。請在模仿青蛙、蛇、烏龜等各種動物的聲音的同時,和孩子一邊扮演角色、一起讀這本書。在讀完這本書之後,請把帽子藏起來,問問 Have you seen my hat?,來玩找帽子的遊戲,這樣會十分有趣。

繪本中的每日一句

Have you seen my hat?

你有看到我的帽子嗎?

童謠欣賞

DAY 029

Did you wash your face?
你洗臉了嗎？

唸1遍 唸3遍
029-1.mp3 029-2.mp3

早上去上學之前，刷牙、洗臉、梳頭髮都是一定要的吧？「洗臉」用英文來說是 wash your face。

 Did you wash your face?

你洗臉了嗎？

 Yes, I did.

我洗了。

 **How about lotion?**

乳液呢？

 I put some lotion on my face already.

我已經在臉上塗一些了。

 Excellent! Now comb your hair, dear!

非常好！寶貝，現在請梳頭髮。

 Okay.

好的。

Did you~? 你～了嗎？、你～的嗎？

是詢問過去動作的表達方式。Did you 的後面使用動詞原形。根據不同情況使用不同的語調，有可能會是追究孩子過錯的意思，也有可能是稱讚孩子的意思。

Did you play with these toys? 你玩了這些玩具嗎？

Did you leave the door open? 你把門打開的嗎？

Did you break this cup? 你打破這個杯子的嗎？

Did you draw this? 這是你畫的嗎？

Did you do this? 這是你做的嗎？

> 一起讀今天的英語繪本

Pants
by Giles Andreae & Nick Sharratt

這是一本有各式各樣褲子的童書。請和孩子一起用數字數褲子的數量、說說褲子的顏色，並唸書給孩子聽。同時也請注意書中出現的反義詞，並用 I see ～ 的句型，說出在插圖裡看到的東西。在讀完書之後，請孩子畫畫看自己喜歡的書，並引導孩子說出簡單的英文句子。

繪本中的每日一句

How many more pants can you see?
你還可以看到多少件內褲？

繪本朗讀　童謠欣賞

DAY 030

Get your backpack ready!

去把你的書包準備好！

這句是要孩子整理書包的意思。試著想像「收書包！」這句話的情境，並說出 Backpack ready!。

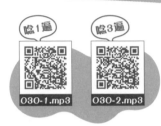

唸1遍 030-1.mp3　唸3遍 030-2.mp3

 It's time for school.

上學的時間到了。

I don't want to go to school.

我不想去學校。

 I hear you.

★ I hear you. 是當對方在抱怨或問問題的時候使用，可用來表示「同意」或是「我知道了，別再說了」的意思。

But you have to go to school.

我懂。但是你必須要去學校。

Uhhhh.

吼唷。

Don't say that! Get your backpack ready!

不要這樣講話！去把你的書包準備好！

I wish it was Sunday.

真希望今天是星期天。

Get your ~ ready! 把你的～準備好！

這是跟孩子進行各種活動時，要孩子把東西拿來，或是要孩子準備某樣東西的時候，所使用的表達方式。請別忘了 your 的後面要使用名詞。

Get your scissors ready!   把你的剪刀準備好！

Get your glue stick ready!   把你的膠水準備好！

Get your colored pencils ready!   把你的色鉛筆準備好！

Get your crayons ready!   把你的蠟筆準備好！

Get your origami paper ready!   把你的色紙準備好！

一起讀今天的英語繪本

Where's Spot?
by Eric Hill

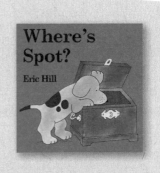

是一本有趣的立體書，內容主要是關於尋找一隻名為小斑（Spot）的狗狗主角。為了能引起孩子們的好奇心，請在讀這本書的時候，試著調整一下自己說話聲音的強弱。另外也可以像書中出現的內容一樣，把小狗布偶藏在房間各處，來進行尋找布偶的遊戲。請試著將左手握拳，並上下擺動右手的拳頭，利用手部的位置來熟悉介系詞 on 以及 under。

繪本中的每日一句

Is he in the box?
他在箱子裡嗎？

童謠欣賞

91

Review 請看圖說說看

Mom 現在去刷牙！在你的牙刷上擠點牙膏。

Brush _____ _____, now!

_____ some toothpaste on your

toothbrush.

Mom 不要玩食物！

Don't _____ _____ _____ _____!

Boy 我用紅蘿蔔條排出了字母 V。

I made the letter V with the carrot sticks.

Mom 你會自己整理床鋪嗎？

Can you _____ _____ _____?

Girl 我不知道怎麼弄。

I don't know _____.

Mom 你洗臉了嗎？

Did you _____ _____ _____?

Boy 我洗了。

Yes, I did.

Mom 去把你的書包準備好！

Get your _____ _____!

Girl 真希望今天是星期天。

I wish _____ _____ _____.

DAY
031
-
035

Time to study!

DAY 031

Do you know how to play Word Chains?

你知道怎麼玩文字接龍嗎？

搭車時覺得很無聊的時候，可以試著說出窗外看到的事物，玩玩看句子接龍的遊戲。「怎麼玩遊戲」用英文說是 how to play。

 Are we there yet?

我們到了嗎？

 Not yet!

還沒！

Do you know how to play Word Chains?

你知道怎麼玩文字接龍嗎？

Tell me what you see.

告訴我你看到了什麼。

 I see a tree.
It's your turn.

我看到一棵樹。輪到你了。

 I see a tree and a cloud.

我看到一棵樹和一朵雲。

 I see a tree, a cloud, and a bike.

我看到一棵樹、一朵雲，還有一台腳踏車。

 Tip

Word Chains 是一個要記住並重複前面的人說過了什麼的遊戲。I'm going on a picnic and I'm going to bring～，請試著說說看去野餐的時候需要帶什麼東西，並玩玩看文字接龍的遊戲。

<Are We There Yet> 歌曲

94

Do you know how to play~? 你知道怎麼玩～嗎？

在 play 的後面放入孩子們喜歡的遊戲就可以問問題囉！

Do you know how to play I SPY?
你知道怎麼玩「我是小間諜」猜謎遊戲嗎？

Do you know how to play Memory?
你知道怎麼玩記憶遊戲嗎？

Do you know how to play Charades?
你知道怎麼玩比手畫腳嗎？

Do you know how to play Bingo?
你知道怎麼玩賓果嗎？

一起讀今天的英語繪本

Jamberry
by Bruce Degen

這本書主要是描寫了主角小男孩和熊一起摘各種莓果的模樣，本書在唸各種不一樣的莓果名時，會發現這些莓果都有押韻（rhyme）。在讀完這本書之後，可以在網路上搜尋各種莓果的照片，或是使用壓克力做出莓果，並說說看莓果的名字和顏色。

繪本中的每日一句

One berry. Two berry. Pick me a blueberry.

一顆莓果。兩顆莓果。請幫我摘一顆藍莓。

繪本朗讀　　童謠欣賞

DAY 032
Let's play with clay.
我們來玩黏土吧！

兒童玩的軟軟的「安全黏土」叫做 playdough，而 clay 指的是所有的「黏土」。請想像孩子玩黏土的模樣，說說看 play with clay。

 Let's play with clay.

我們來玩黏土吧。

 Sounds fun!

聽起來很有趣！

 I'll get the clay.

我去拿黏土過來。

Uh-oh, it's too dry.

喔不，太乾了。

 Here is some water.

這裡有一些水。

 Good thinking! Thank you!

好主意，謝謝你。

I'll get~ 我去拿～過來，我來（做）～

動詞 get 有「拿～過來」或是「負責去做～」等多種意思。

I'll get the book.　　　　　我去把書拿過來。

I'll get the door.　　　　　我去開門；我來關門。

I'll get the phone.　　　　　我來接電話。

I'll get it.　　　　　我去弄。

I'll get you some milk.　　　我去拿點牛奶給你。

一起讀今天的英語繪本

If You Give a Mouse a Cookie
by Laura Numeroff & Felica Bond

這本書主要以給「小老鼠一片餅乾」為故事開端，接著接二連三發生各種趣事的故事。雖然句子偏長，但看著小老鼠可愛又生動的表情，便能輕鬆地理解書本內容。在讀完書之後，請試著讀同系列的其他本書給孩子聽，或是說說看如果給小老鼠其他東西的話，可能會發生什麼事。

繪本中的每日一句

He's going to ask for a glass of milk.
他（小老鼠）就會要一杯牛奶。

繪本朗讀

DAY 033

Let me get the ball.
讓我去撿球。

想說出讓自己來去做某事的時候，可使用 Let me~ 來表達。想要說「讓我來拿~」，英文只要說出 Let me get the~ 就可以了。

O33-1.mp3　O33-2.mp3

 Let's play catch.

我們來玩接球吧。

 Yeah!

耶。

 Throw the ball!

丟球。

 Here it goes!

來囉！

 Let me get the ball.

讓我去撿球。

 I threw the ball too hard.

我把球丟得太大力了。

Let me + 動詞原形　讓我來～

主要是用於表達由自己代替對方來做某事時，此外，預告自己將要做某事，或是請求對方許可的時候也會使用，Let me 後面使用動詞原形就行了。

Let me do it for you. 　　　讓我來幫你做。

Let me write for you. 　　　讓我來幫你寫。

Let me help you. 　　　讓我來幫你。

Let me go. 　　　讓我走。

Let me ask you a question. 　讓我來問你一個問題。

一起讀今天的英語繪本

Click, Clack, Moo: Cows That Type
by Doreen Cronin & Betsy Lewin

這本書以趣味的方式描寫一群會使用打字機的乳牛，寫了一封信給農夫之後所發生的故事。從故事中可以一窺在農場生活的各種動物的各種不同面貌。請一邊模仿動物的聲音、一邊閱讀本書，並說說看如果是其他動物把打字機帶走的話，會發生什麼事情。在讀完本書以後，也請孩子試著給爸爸或媽媽寫一封信，把自己想要的東西都寫在信裡，或是畫在信裡。

繪本中的每日一句

His cows like to type.

他（農夫）的乳牛都很喜歡打字。

繪本朗讀　　童謠欣賞

DAY 034

Let's play one more time!

我們再玩一次吧！

這是想邀對方再玩一次遊戲時會說的話。「再一次」用英文來說就是 one more time。

 唸1遍 034-1.mp3
 唸3遍 034-2.mp3

 Let's sing _Rock Scissors Paper_!

我們來唱「剪刀石頭布」的歌吧！

Rock, scissors, paper!

石頭、剪刀、布！

Rock, scissors, paper!

石頭、剪刀、布！

What can you make?

你要出什麼？

 Tip

玩 fingerplay（手指遊戲）時不需要特別準備什麼，在任何地方都能跟孩子一起玩。請搭配〈Rock scissors paper〉的歌曲玩玩看手指遊戲。

 〈Rock Scissors Paper〉超簡單歌曲

Right hand, paper! Left hand, paper!

右手布！左手布！

Here is a butterfly!

是蝴蝶！

That's right! Let's play one more time!

答對了！我們再玩一次吧！

one more + 名詞   再一個～、再一次～

在 more 後面使用名詞的單數形態。意思是強調「再一次」或是「再一個」。

Let's read this book one more time.　　我們再讀一次這本書吧。

Give me one more question.　　請再問我一個問題。

Can you give me one more minute?　　可以再給我一分鐘嗎？

Can I have one more candy?
我可以再多拿一個糖果嗎？

Can you give me one more cookie?
你可以再給我一個餅乾嗎？

一起讀今天
的英語繪本

The Giving Tree
by Shel Silverstein

這本書是關於一棵為了主角小男孩，願意把所有東西都給這位小男孩的樹木的故事，感覺就好像是媽媽跟孩子的關係一樣。請一邊說說看圖畫中主角所感受到的各種心情，以及他看著樹木的心情是怎麼樣，並一邊讀這本故事書。在讀完這本書之後，請使用紙張或是黏土來做做看這棵無私奉獻的樹木吧。

繪本中的每日一句

I am too big to climb and play.
我太大了，不能爬到樹上玩。

繪本朗讀

童謠欣賞

DAY 035

I can't wait.
我等不及了。

唸1遍　唸3遍

035-1.mp3　035-2.mp3

是在等不及想做某事的時候所使用的表達方式。
請一邊想像孩子因為興奮而沒辦法靜靜等待的模樣，一邊說說看 I can't wait.。
在閱讀完中文翻譯之後，請試著用英語唸唸看！

 Let's make playdough.

我們來做黏土吧。

 **First mix all dry ingredients.**

首先，把所有乾燥的材料都倒在一起。

Add some food coloring and vegetable oil.

加上一些食用色素以及植物油。

 How much? A couple of drops?

加多少呢？幾滴嗎？

Yes.

對。

Now add water and stir over medium heat.

現在加水，然後用中火攪拌。

I can't wait.

我等不及了。

不可數名詞的量詞單位

不可數的名詞使用下方的單位來表達量有多少。

Can I have a cup of coffee?　我可以來一杯咖啡嗎？

Can I have a sheet of paper?　我可以拿一張紙嗎？

Can I have a piece of cake?　我可以來一塊蛋糕嗎？

Can I have a glass of water?　我可以喝一杯水嗎？

Can I have a piece of chocolate?
我可以吃一塊巧克力嗎？

一起讀今天的英語繪本

Where Is the Green Sheep?
by Mem Fox & Judy Horacek

這本書主要是描述在不同的綿羊群中，尋找綠色小綿羊的故事。請試著用書中反覆出現的句子 Where is the green sheep? 來問孩子問題。接著到書的後半部時，請給孩子時間，來讓孩子也能自己說出 Where is the green sheep? 這個句子。在讀完書之後，請試著用脫脂棉花或相似的材料來做出可愛的小綿羊，並黏貼到紙上。除了 green sheep 之外，也可用色紙試著做出其他顏色的綿羊，如 red sheep 以及 yellow sheep 等不同顏色的綿羊。

繪本中的每日一句

Here is the thin sheep.

這裡有一隻很瘦的綿羊。

綸本朗讀

童謠欣賞

Mom 你知道怎麼玩文字接龍嗎？

Do you know how _____ _____ Word Chains?

告訴我你看到了什麼。

Tell me _____ _____ _____

Mom 我們來玩黏土吧！

Let's _____ _____ _____.

Girl 聽起來很有趣！

Sounds _____!

Mom 讓我去撿球。

Let _____ _____ the ball.

Boy 我把球丟得太大力了。

I _____ the ball too hard.

Mom 是蝴蝶！

Here _____ _____ _____!

Girl 答對了！

That's right!

Mom 我們來做黏土吧。

Let's _____ _____.

首先，把所有乾燥的材料都倒在一起。

First _____ all dry ingredients.

DAY
036
─
040

Time to study!

DAY 036

Blue and yellow make green.

藍色和黃色能變出綠色。

不同顏色的水彩混合在一起的話，能做出什麼顏色呢？請在孩子畫水彩的時候，告訴孩子有關混色的事情。

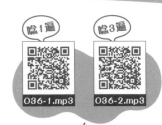

唸1遍　036-1.mp3　唸3遍　036-2.mp3

 Mom! I'm mixing colors.

媽媽！我在混色。

 Do you know what happens if you mix blue and yellow?

你知道把藍色和黃色混在一起的話，會發生什麼事嗎？

 I know. Blue and yellow make green.

我知道。藍色和黃色能變出綠色。

 Really?

真的嗎？

Why don't you mix blue and yellow?

你何不試試看把藍色跟黃色混在一起呢？

 (a while later) See?

（隔了一會兒）看到了吧？

A and B make C　A 和 B 能製造出 C

連接「A」和「B」兩樣事物時，需要使用連接詞 and。要表達兩樣東西混合起來會成為某樣東西的時候，動詞使用 make。

Blue and **red** make **purple**.　　藍色和紅色能製造出紫色。

Red and **white** make **pink**.　　紅色和白色能製造出粉紅色。

Red and **yellow** make **orange**.　　紅色和黃色能製造出橘色。

Orange and **blue** make **brown**.　　橘色和藍色能製造出棕色。

Black and **white** make **gray**.　　黑色和白色能製造出灰色。

一起讀今天的英語繪本

Little Blue and Little Yellow
by Leo Lionni

在閱讀本書小藍和小黃的故事的同時，也請告訴孩子把顏色混合在一起的話，會發生什麼事情。在讀完本書之後，請用藍色的黏土跟黃色的黏土，或是用玻璃紙也可以，來確認這兩種顏色加在一起會變成什麼顏色，也請說說如果把其他顏色混合在一起的話，會變出什麼顏色。

繪本中的每日一句

Little blue has many friends.

小藍有很多朋友。

繪本朗讀　童謠欣賞

DAY 037

I'm the best balloon blower.

我最會吹氣球了。

037-1.mp3　037-2.mp3

孩子們很常說出「我最棒」這樣的表達吧？這句話在英文可以用 I'm the best~ 來表達。

Look! I found a balloon!

看！我找到了個氣球。

I can blow it up.

我會吹氣球。

It's getting bigger and bigger.

越來越大了。

I'm the best balloon blower.

我最會吹氣球了。

★ I'm the best _____.
請在空格內放入自己最拿手的領域，然後說說看自己是最棒的。
the best truck driver
（最棒的卡車司機）
the best dinosaur trainer
（最棒的恐龍訓練師）

Your balloon looks pretty big. Please stop.

你的氣球看起來很大。請停下來。

OK! Tie it up, please.

好！請幫我打結。

look + 形容詞　看起來～

look 後面使用形容詞的話，是「看起來～」的意思，此句型能夠表達自己對於某情況或事物的意見。look 後面加上副詞 pretty 的話，就能強調「看起來相當～」的意思。

It looks yummy.	看起來很好吃。
It looks yucky.	看起來很難吃。
It looks terrible.	看起來很可怕。
It looks pretty great.	看起來相當棒。
It looks pretty awful.	看起來十分糟糕。

一起讀今天的英語繪本

Go Away, Big Green Monster!
by Ed Emberley

是一本每次翻頁時都能看到怪獸出現，且能讓孩子在閱讀時充滿樂趣的書。請說說看在怪物臉上出現的顏色和圖形，並和孩子一起說出書中反複出現的句子 Go away~。在讀完這本書之後，請說說看自己可以演出什麼樣的怪物，並用色紙剪下各種不同的形狀，貼到圖畫本上來把怪物做出來。

繪本中的每日一句

Big Green Monster has two big yellow eyes.

巨大的綠色怪物有著兩顆黃色的大眼睛。

DAY 038

Ready or not, here I come!

不管你準備好了沒，我要來囉！

喜歡玩捉迷藏的孩子躲在某個地方的時候就可以這麼說。請試著想像自己悄悄接近孩子的模樣，同時說出 Here I come!。

 Mommy! Let's play hide-and-seek.

媽媽，我們來玩捉迷藏吧。

 Ok. Who's going to be it?

好啊。誰來當鬼？

 You are it!

你來當鬼！

★「當鬼」中的「鬼」在英文就是 it。

Now you're it.
（現在你當鬼。）

 All right. I'll count to ten.

好呀。我數到十。

One, two, three, four, five...

一、二、三、四、五…

 Wait, Mom!

媽媽，等一下！

 Ready or not, here I come!

不管你準備好了沒，我要來囉！

Here + 主詞代名詞 + 動詞

像 Here I come. 一樣，在 Here 後面要接主詞代名詞和動詞，便能造出不同語意的句子。這是很常使用的句型，請好好善用。

Here we go!　　　　　　　出發！

Here it goes!　　　　　　開始了！

Here it is!　　　　　　　在這裡！

Here it comes!　　　　　來了！

Here you go!　　　　　　給你；在這裡！

一起讀今天的英語繪本

Is That Wise, Pig?

by Jan Thomas

故事的主角小豬一直想把意想不到的食材，放入動物們一起製作的濃湯裡。請和孩子一起數數蔬菜的數量，並試著說說看各種蔬菜的名字。在讀完書之後，請在圖畫本裡畫出一個鍋子，並利用有蔬菜照片的超商傳單等素材，剪下蔬菜的照片，並貼到圖畫本上，完成一幅有趣的濃湯圖畫。

繪本中的每日一句

Here is one onion! Here are two cabbages!

這裡有一顆洋蔥！這裡有兩顆高麗菜！

繪本朗讀　　童謠欣賞

DAY 039

Who's going to be the doctor?

誰來當醫生？

唸1遍 039-1.mp3   唸3遍 039-2.mp3

在玩醫院遊戲或是扮家家酒等角色扮演遊戲的時候，可以在和孩子決定角色時，說出 Who's going to be＋職業?。

 Look what I've got!

看看我拿了什麼！

 A doctor's bag!

醫生的包包！

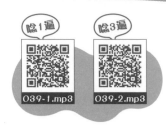

Who's going to be the doctor?

誰來當醫生？

Me! How are you feeling today?

我！你今天感覺怎麼樣？

 I think I have a fever.

我覺得我好像發燒了。

Let me check your temperature.

讓我來幫你量體溫。

Tip

I need a _____.

請在空格中填入玩醫生遊戲時需要的單字，並練習說說看。

bandage（繃帶）
thermometer（體溫計）
Band-Aid（OK 繃）
syringe（針筒）

Who's going to be ~? 誰來當~？

是在和孩子玩角色扮演時，或是決定誰來負責某某任務時，能夠使用的表達方式。在後面接上表示職業或角色的名詞就行了。要注意的是，若是要把人名放進句型中來提問時，不加冠詞 the。

Who's going to be the teacher? 　　誰來當老師？

Who's going to be the baby? 　　誰來當嬰兒？

Who's going to be the hungry wolf? 　誰來當肚子餓的狼？

Who's going to be George? 　　誰來當喬治？

Who's going to be it? 　　誰來當鬼？

一起讀今天的英語繪本

Bark, George
by Jules Feiffer

這是關於故事主角喬治因不會發出狗叫聲，而是發出其他動物叫聲，因而去找獸醫的故事。獸醫從老是發出怪聲的喬治嘴巴中，一一取出了鴨子、豬、牛等動物。請在獸醫從喬治口中把動物取出來的同時，試著生動地表達這些動物的聲音。讀完這本書之後，請決定醫生、獸醫、病人等角色，和孩子一起玩醫院遊戲。

繪本中的每日一句

The vet reached deep down inside of George.

獸醫把手伸進喬治的嘴內深處。

113

DAY 040

What's the time, Mr. Wolf?

大野狼先生，現在幾點了？

唸1遍　040-1.mp3　　唸3遍　040-2.mp3

What's the time, Mr. Wolf? 是一個類似「一二三木頭人」的遊戲。如果想問「幾點了？」，英文用 What's the time? 來表達。

 ## It's game time!

玩遊戲的時間到了。

Let's play *What's the time, Mr. Wolf?*

我們來玩「大野狼先生，現在幾點了？」。

 ## You're Mr. Wolf, Mom!

媽媽你是大野狼！

What's the time, Mr. Wolf?

大野狼先生，現在幾點了？

 ## It's three o'clock.

三點。

 ## One, two, three steps!

一、二、三步！

 Tip

What's the time, Mr. Wolf? 遊戲

是個大野狼面對牆壁、背對著大家並回答大家現在幾點的遊戲，在那個時間內，所有人可以根據大野狼所報的數字，轉換成步數，來接近大野狼，並試著觸摸到大野狼。不過一旦大野狼大聲喊出 Dinner time! 之後，就會開始去抓人，被抓到的人就要當下一個大野狼。

It's ~ time　現在是～時間

告知是午餐時間、遊戲時間等的時候所使用的表達方式。要說是幾點的時候，只要像 It's three o'clock.一樣把數字放進去就行了。

It's breakfast time.　　　現在是早餐時間。

It's lunch time.　　　現在是午餐時間。

It's dinner time.　　　現在是晚餐時間。

It's playtime.　　　現在是遊戲時間。

It's reading time.　　　現在是閱讀時間。

一起讀今天
的英語繪本

What's the Time, Mr. Wolf?
by Annie Kubler

一邊閱讀大野狼先生一天之內所做的活動，一邊唸唸看時間，並說說看他做了什麼活動。在讀完這本書之後，請試著製作一張孩子的作息時間表，並說說看孩子在幾點時要做什麼事情。玩過了「What's the time, Mr. Wolf?」遊戲之後，相信孩子一定能正確地把這句話記起來的。

繪本中的每日一句

Time to get up! I'm so hungry!

該起床了！我好餓！

時間歌欣賞

Girl　藍色和黃色能變出綠色。
Blue and yellow _____ _____.

Mom　你何不試試看把藍色跟黃色混在一起呢？
Why _____ _____ mix blue and yellow?

Mom　你的氣球看起來很大。請停下來。
Your balloon _____ pretty big. Please stop.

Boy　好！請幫我打結。
OK! Tie _____ _____, please.

Girl　媽媽，等一下！
_____, Mom!

Mom　不管你準備好了沒，我要來囉！
Ready _____ _____, here I come!

Mom　誰來當醫生？
Who's _____ _____ _____ the doctor?

Boy　我！你今天感覺怎麼樣？
Me! How are you _____ _____?

Girl　大野狼先生，現在幾點了？
What's _____ _____, Mr. Wolf?

Mom　三點。
It's _____ _____.

DAY
041
—
045

DAY 041

Can you put your toys away?

你可以把玩具收好嗎？

唸1遍

041-1.mp3

唸3遍

041-2.mp3

away 意思是「遠離；離得很遠」。請試著聯想玩具被整理到已遠離你視線的樣子，並說說看 put your toys away。

There are way too many toys on the floor.

地上的玩具太多了。

Sorry, Mom.

對不起，媽媽。

Can you put your toys away?

你可以把玩具收好嗎？

Help me, Mom!

媽媽，請幫幫我。

I'll pick up the books.

我來把書本撿起來。　★ pick up 的意思是「撿起來」。

I'll pick up the toys and put them away.

我來把玩具撿起來，然後收好。　★ put away 的意思是「收好」。請在和孩子一起整理東西時，用這句來說說看。

way too many [much] + 名詞　太多~了

way too 是用來強調「過多」的表達方式。many 後面須加上**可數名詞**；much 後面須加上**不可數名詞**使用。

There are way too many books.　　　太多書了。

You've played way too many games.　你玩太多遊戲了。

There is way too much paint.　　　　水彩顏料太多了

You've watched way too much TV.　　你看太多電視了。

Grandpa gave you way too much money.
爺爺給你太多零用錢了。

一起讀今天
的英語繪本

When Sophie Gets Angry—Really, Really Angry...
by Molly Bang

這是一個關於故事主角蘇菲因玩玩具而跟姐姐吵架，導致非常生氣的故事。這本書會讓你開始思考，要是哪一天自己也像蘇菲那樣跟兄弟姐妹吵架，或是跟朋友起爭執的時候，該怎麼整理自己的情緒。請在慢慢翻頁的同時，和孩子一起說說看蘇菲的情緒有了什麼樣的改變。請在讀完書之後，試著說說看生氣的時候該怎麼辦，或是用圖畫來表達。

繪本中的每日一句

Sophie isn't angry anymore.
蘇菲不再生氣了。

DAY 042

Keep the shoes organized.

請把鞋子排好。

唸1遍　唸3遍

042-1.mp3　042-2.mp3

請把排好鞋子這件家事，分配給孩子來做做看。請在腦海中想像鞋子被整齊排好的樣子，並試著說出 Keep the shoes organized.。

 Look at your shoes!

看看你的鞋子！

 What do you mean?

你的意思是什麼呢？

 Keep the shoes organized, please.

請把鞋子排好。

 Do I have to?

一定要排好嗎？

★ 根據不同情境，會有「一定要讀書／做作業／運動嗎？」、「一定要睡覺嗎？」、「一定要吃嗎？」等多種不同的意思。是孩子們很常使用的表達方式。

 Of course.

當然。

 All right.

好吧。

keep + 名詞 + 形容詞　讓～保持…、讓～繼續…

是「讓某事物繼續維持某狀態」所使用的表達方式。是很常使用的表達方式，請好好記下來。

Keep the door open.　　　讓門保持開著。

Keep the door closed.　　讓門保持關著。

Keep the door locked.　　讓門持續鎖上。

Keep your shirt clean.　　讓你的襯衫保持乾淨。

Keep your towel dry.　　　讓你的毛巾保持乾燥。

一起讀今天的英語繪本

The Gruffalo
by Julia Donaldson

是個關於一隻小老鼠要去見怪物古肥羅的故事。雖然句子有點長，但因為有反覆出現的句子以及有趣的故事，所以孩子們非常喜歡。是一本能提升英語閱讀能力的書。當閱讀到關於古肥羅的外貌時，請試著用害怕顫抖的聲音讀讀看。請想像怪物古肥羅彷彿突然間要從書裡跳出來的樣子，並以害怕顫抖的聲音來唸這本書，這樣孩子們會迷上故事情節的。在讀完這本書之後，請孩子把自己想像中的古肥羅畫出來看看。

繪本中的每日一句

He has terrible tusks, and terrible claws.

他有很嚇人的尖牙以及很嚇人的爪子。

繪本朗讀　　動畫欣賞

DAY 043

Put your clothes into the basket.
把你的衣服放到洗衣籃裡面。

「到～裡面」、「到～內」用介系詞 into 來表達。「到籃子裡面」用 into the basket 來表達就可以了。

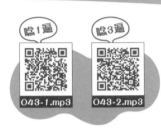

O43-1.mp3　O43-2.mp3

 Your clothes are all over the floor.

你的衣服在地板上到處都是。

Put your clothes into the laundry basket.

把你的衣服放到洗衣籃裡面。

 But I need my blue jacket tomorrow.

但是我明天需要藍色的夾克。

 Then hang your jacket on a hanger.

那麼用衣架把你的夾克掛起來。

(a moment later)

（一會兒之後）

★ 請注意 clothes（衣服）結尾的 s 發音（/z/）和 close（近的）結尾的 s 發音（/s/）是不一樣的。

Your ⟨clothes⟩ are still lying on the floor.

你的衣服還在地板上。

 I'm on it.

要整理了。

be still -ing 還在~

副詞 still 的意思為「還在」、「仍然」。如果某個動作持續很長的時間時，就能用 still 來表達。根據語調的不同，有可能會有責備的意味，也可能會有感歎的感覺，請配合不同的狀況來使用。

You're still eating. 　　　　　你還在吃啊。

You're still playing a game. 　　你還在玩遊戲啊。

You're still sleeping. 　　　　你還在睡覺啊。

I'm still waiting for my turn. 　我還在等何時會輪到我。

It's still raining. 　　　　　　還在下雨。

一起讀今天的英語繪本

Go, Dog. Go!
by P. D. Eastman

同時身為編輯以及插畫家的 P. D. Eastman，為了讓孩子在接觸英語的時候，能夠用更簡單的方式閱讀，因而在書中放了許多有趣的插圖來完成了這本書。閱讀這本書的好處是，能透過圖片將數字、顏色、副詞記起來，也能讓孩子簡單地應用反覆出現的句子（Do you like~?）並開口說。在讀完這本書之後，請在玩具車上放小狗的模型，一邊說出 Go, Dog, GO!，一邊試著創作出自己的故事。

繪本中的每日一句

Do you like my hat?
你喜歡我的帽子嗎？

DAY 044

Where is the vacuum cleaner?

吸塵器在哪裡呢？

「吸塵器」叫做 vacuum 或是 vacuum cleaner。
想要問某某東西在哪裡的時候，只要說 Where
is~? 就可以了。

044-1.mp3　044-2.mp3

 Your room is too messy.

你的房間太亂了。

 It's not too bad.

沒那麼糟。

 Can you vacuum your room?

可以用吸塵器吸一下你的房間嗎？

 Where is the vacuum cleaner?

吸塵器在哪裡呢？

 It's in the closet.

在櫃子裡。

 I found it.

找到了。

 Tip

想用英文來說「很亂」的
時候，腦中很容易浮現
dirty，但是 dirty 的意思是
「很髒」。當房間裡的東西
亂成一團的時候，可以使
用 messy, untidy, chaotic,
cluttered 等單字。

Where is~? ～在哪裡？

在找東西或是找人的時候，在 Where is 的後面放入想找的對象就可以了。

Where is your backpack?　你的書包在哪裡？

Where is your coat?　你的外套在哪裡？

Where is your dad?　你的爸爸在哪裡？

如果想找的東西是複數形的話，要說 Where are~?。

Where are your socks?　你的襪子在哪裡？

Where are your glasses?　你的眼鏡在哪裡？

一起讀今天的英語繪本

Bear & Hare: Where's Bear?
by Emily Gravett

《Bear & Hare》系列不僅能讓第一次接觸英語的孩子以趣味的方式閱讀，這個系列的特色是由很多能琅琅上口、容易記住的押韻短句所組成。在讀完書之後，請根據故事情境用動作展示給孩子看，並且在說出「Where's +孩子的名字」的同時，一邊玩找東西的遊戲。

繪本中的每日一句

Where's Hare?

兔子在哪裡？

DAY
045

Can you feed the dog?
你可以餵狗狗吃東西嗎？

唸1遍　唸3遍

045-1.mp3　045-2.mp3

feed 可以在給寵物飼料時，或是要餵嬰兒喝奶的時候使用。請把 feed（餵）記下來，並試著說說看。

 The dog keeps barking.

狗狗一直在叫。

I think it's hungry.

我想牠肚子餓了。

 **Can you feed the dog?**

你可以餵狗狗吃東西嗎？

 Should I give water too?

我也要給牠喝水嗎？

 **Yes, please.**

好，麻煩你了。

 **The dog is quiet now.**

狗狗現在安靜了。

I think + 主詞 + 動詞　我想～；我覺得～

是個委婉表達自己想法的表達方式。以下請用 I think+主詞+動詞，來造一個句子吧。

I think it's going to rain today.　　我想今天應該會下雨。

I think it's time to go.　　我想該走了。

I think I ate too much.　　我覺得我好像吃太多了。

I think we're done.　　我想我們都做完了。

I think you did a pretty good job.　　我覺得你做得很好。

一起讀今天的英語繪本

Lost and Found
by Oliver Jeffers

故事的男主角是個小男孩，他想幫助似乎是迷路了的企鵝。在分開一陣子又再次見面之後，企鵝便跟著男孩一起回家了。閱讀這本書時，請仔細欣賞書中的插圖，盡量去體會男孩跟企鵝在相處時，所抱持的心情。在讀完這本書之後，請把男孩可能說過的話寫在對話框形狀的便利貼裡，並貼到書上，並試著說說看。

繪本中的每日一句

The penguin wasn't lost. He was just lonely.

企鵝並沒有迷路。牠只是覺得寂寞。

繪本朗讀　　童謠欣賞

	Mom	你可以把玩具收好嗎？
		Can you _____ your toys _____?
	Boy	媽媽，請幫幫我。
		_____ me, Mom!

	Mom	請把鞋子排好。
		Keep the _____ _____, please.
	Girl	一定要排好嗎？
		Do I _____ _____?

	Mom	把你的衣服放到洗衣籃裡面。
		Put _____ _____ _____ the laundry basket.
	Boy	但是我明天需要藍色的夾克。
		But _____ _____ my blue jacket tomorrow.

	Girl	吸塵器在哪裡呢？
		Where is _____ _____ _____?
	Mom	在櫃子裡。
		It's in the _____.

	Mom	你可以餵狗狗吃東西嗎？
		Can you _____ _____ _____?
	Boy	我也要給牠喝水嗎？
		Should I _____ _____ too?

DAY 046 – 050

Time to study!

DAY 046

Don't forget your umbrella!

別忘了帶雨傘喔！

唸1遍  046-1.mp3
唸3遍  046-2.mp3

年紀小的孩子常常會有忘東忘西的毛病吧？要提醒孩子別忘了某個東西時，請試著用 Don't forget~ 來說說看。

 It's raining outside.

外面在下雨。

 Can I wear my boots?

我可以穿我的靴子嗎？

 Of course.

當然可以。

 Can I put on my raincoat?

我可以穿上我的雨衣嗎？

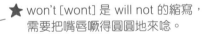 ★ won't [wont] 是 will not 的縮寫，需要把嘴唇嘟得圓圓地來唸。

 You won't need a raincoat but don't forget your umbrella!

你不會需要雨衣的，別忘了帶雨傘喔！

 I won't.

我不會忘的。

Don't forget~ 別忘了~

要他人別忘了**特定物品**的時候,使用 Don't forget,後面接名詞。但如果要他人別忘了**去做某件事**的時候,使用 Don't forget to,後面接動詞原形。

Don't forget your keys.　　　別忘了你的鑰匙。

Don't forget your sunscreen.　別忘了你的防曬乳。

Don't forget to lock the door.　別忘了鎖門。

Don't forget to do your homework.　別忘了做作業。

Don't forget to call your grandma and say "Thank you."

別忘了打電話給你的奶奶,跟她說「謝謝。」

一起讀今天
的英語繪本

I Just Forgot
by Mercer Mayer

是個以小毛怪這個角色而廣為人知的系列有聲童書。這個系列主要是透過小毛怪滑稽好笑的表情,以有趣的方式描述小毛怪一家人的故事,是英語童書書單中必讀的童書系列。spider(蜘蛛)和 cricket(蟋蟀)總是藏在插圖裡面,請在讀這本書的同時,和孩子一起找找看!

繪本中的每日一句

But I forgot my lunch box.

但是我忘了我的午餐盒。

DAY 047

Do I need a mask?

我需要口罩嗎？

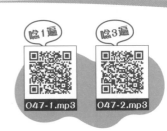

唸1遍　唸3遍

047-1.mp3　047-2.mp3

空氣不好、天氣冷的時候會需要口罩吧。想說出「需要」某個東西的時候，動詞要使用 need。

 ## The air quality is not good today.

今天的空氣品質不好。

 ## Is it bad?

很糟糕嗎？

 ## Yes, it's pretty bad.

對，挺糟糕的。

 ## Do I need a mask?

我需要口罩嗎？

Yes. And don't play outside today.

是的，然後今天也不要在外面玩。

Okay, Mom.

好的，媽媽。

pretty + 形容詞　相當～，挺～的

pretty 用作形容詞的時候，意思是「漂亮的」；用作副詞的時候，意思是「相當、挺」，功能是用來強調形容詞。請試著在 pretty 後面加上各式各樣的形容詞，來強調句子的意思。

He is pretty smart.　　　　他相當聰明。

He is pretty funny.　　　　他挺有趣的。

She is pretty happy.　　　　她相當幸福。

She is pretty nice.　　　　她挺親切的。

It is pretty good.　　　　這個挺不錯的。

一起讀今天
的英語繪本

The Watermelon Seed
by Greg Pizzoli

小時候應該有過這樣的疑惑：「吃下西瓜籽的話，西瓜籽在肚子裡面會變成什麼樣子？」這本書的故事架構，正是把這樣的想像畫面，以有趣的方式表現出來。請問問孩子「吃下西瓜籽的話，西瓜籽在肚子裡面會變成什麼樣子呢？」，相信孩子們會有很多有趣的答案湧現。

繪本中的每日一句

I swallowed a seed!

我把一顆籽吞下去了！

繪本朗讀　　童謠欣賞

DAY 048

Please put some sunscreen on your face.

請在臉上擦點防曬乳。

唸1遍　O48-1.mp3　唸3遍　O48-2.mp3

「防曬乳」用英文來說，就是 sunscreen。「塗抹」或「擦」的英文是 put on；「擦在臉上」用 put on your face 來表達就行了。

 What do you want to do?

你想做什麼？

 It's sunny outside. Let's go out.

外面天氣出太陽。我們出去吧！

 Please put some sunscreen on your face.

請在臉上擦點防曬乳。

 I did already.

已經擦好了。

 Put some more on and bring your hat, please.

再塗多一點，然後請帶著你的帽子。

 All right!

好的！

 Tip

如果想結合 put on 和名詞一起使用時，可以把名詞放在 put 跟 on 中間，或是直接放在 put on 的後面。但如果想結合 put on 和代名詞的話，代名詞只能放在 put 和 on 的中間使用。
put it on (o)
put on it (x)

put on + 名詞　穿上、戴上～；塗、擦～

put on 除了「擦（化妝品）」之外，也有「穿上衣服」、「配戴飾品」等意思。

Put on your pajamas, please.　請穿上睡衣。

Put on your socks, please.　請穿襪子。

Put on your glasses, please.　請戴上眼鏡。

Put on your lip gloss, please.　請塗潤唇膏。

Put on your lotion, please.　請塗乳液。

一起讀今天
的英語繪本

Llama Llama Red Pajama
by Anna Dewdney

Llama Llama ～ Mama ～，是一本能夠讓人感受到英文律動感的童書。這本書把從嬰兒時期到幼兒時期，會經歷的各種經驗描述得很好。因為這本書有很多能引起孩子共鳴的內容，所以是本適合孩子閱讀的英文童書之一。閱讀這本書時，請試著去體會故事主角的感受，並和孩子分配角色，來玩角色扮演的遊戲。

繪本中的每日一句

Mama says she'll be up soon.

媽媽說她馬上就會來了。

繪本朗讀　童謠欣賞

DAY 049

Where are your mittens?

你的連指手套在哪裡？

049-1.mp3　049-2.mp3

gloves 的意思是「手套」；mittens 則是指「連指手套」。請記得像是褲子、手套、眼鏡等單字都被視為複數形，因此字尾都要加上 s。

 It's very cold outside.

外面很冷。

 I'm so cold, Mom.

媽媽，我好冷。

 Where are your mittens?

你的連指手套在哪裡？

 (They) **are in my bag.**

★ 連指手套因為是一雙，所以代名詞用 They are in my bag.。不是使用表達單數的 It 而是使用表達複數的 They。

在我的包包裡。

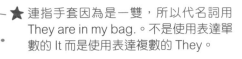 **Put on your mittens. They will keep you warm.**

戴上你的連指手套。這樣會讓你保持溫暖的。

 **Okay.**

好的。

多樣化的衣服表達法

要不要一起來認識服裝的各種說法呢？同時，也試著在服裝單字前面使用顏色形容詞，像是 a red skirt 這樣。

I need a new ___單數名詞___ .

skirt　裙子　　　　　dress　洋裝
shirt　襯衫　　　　　scarf　圍巾

I need new ___複數名詞___ .

pants　褲子　　　　　shorts　短褲
undies　內衣　　　　　socks　襪子

一起讀今天的英語繪本

The Mitten
by Jan Brett

這個故事主要是關於一位小男孩弄丟了他的連指手套，結果被避寒的各種動物找到那隻手套。請在讀完這本書之後，利用家裡有的手套和小動物玩偶，來重新詮釋書裡的內容。在英文童書的難度提升，且字數變多的同時，如果孩子開始對此感到厭煩，或是開始討厭閱讀的話，利用多樣化的活動來引起孩子們對書本內容的興趣，這一點十分重要。

繪本中的每日一句

If you drop one in the snow, you'll never find it.

如果你把一隻（手套）掉在雪地中，你就會永遠都找不到它了。

137

DAY 050

How's the weather today?

今天天氣怎麼樣？

唸1遍　050-1.mp3
唸3遍　050-2.mp3

問天氣的時候，只要說 How's the weather? 就可以了。請記得在說這句的時候，weather 前面一定要加上 the。

 How's the weather today?

今天天氣怎麼樣？

★ 也可以用 What's the weather like today? 來取代。

 It's cloudy.

是陰天。

 Is it cold?

會冷嗎？

 **Not really. But it's windy.**

不太冷。但是風很大。

Why don't you put on your windbreaker?

何不穿上你的風衣呢？

 Okay.

好的。

各種天氣表達

把各種表達天氣的形容詞，放到空格裡練習說說看吧。

> **A: How's the weather today?**　今天天氣怎麼樣？
> **B: It's** ___形容詞___ .

cloudy　陰天的	sunny　晴朗的
chilly　冷颼颼的	foggy　起霧的
hot　熱的	humid　潮濕的

一起讀今天
的英語繪本

The Snowman
by Raymond Briggs

是個關於一位在下雪時堆雪人，並徹夜跟雪人一起創造快樂經驗的小男孩的故事，是一本對於孩子的情緒發展很有幫助的書。如果哪天有機會堆出好看的雪人，請試著說出 What a＋（形容詞）＋snowman!吧。在讀完本書之後，請在家裡利用棉花或是保麗龍來做做看雪人吧。

繪本中的每日一句

There! What a fine snowman!
那裡！好好看的一個雪人！

繪本朗讀　　童謠欣賞

Review 請看圖說看

Mom 你不會需要雨衣的，
You won't _____ a raincoat
別忘了帶雨傘喔！
but _____ _____ your umbrella!

Boy 我需要口罩嗎？
Do I _____ _____ _____?
Mom 是的，然後今天也不要在外面玩。
Yes. And _____ _____ outside today.

Mom 請在臉上擦點防曬乳。
Please _____ _____ _____ on your face.
Girl 已經擦好了。
I did already.

Mom 你的連指手套在哪裡？
Where are _____ _____?
Boy 在我的包包裡。
They are _____ _____ _____.

Girl 今天天氣怎麼樣？
How's _____ _____ today?
Mom 是陰天。
It's _____.

140

DAY
051
–
055

Time to study!

DAY 051

Can you read the title aloud?

你可以大聲唸一下書名嗎？

唸1遍 051-1.mp3　唸3遍 051-2.mp3

「大聲讀」用英文來說就是 read aloud。請在 read 和 aloud 中間放入 title（書名）或是 character（角色）等不同的單字試著說說看。

 Can you read the title aloud?

你可以大聲唸一下書名嗎？

 Shark in the Park.

《公園有鯊魚》。

 Excellent!

很棒！

 Who wrote the book?

這本書是誰寫的？

 Nick Sharratt.

尼克・夏洛特。

He drew the pictures too.

他也畫了那些插圖。

Can you read~? 你可以讀讀看～嗎？

孩子們開始能自己識字的時候，應該多和孩子一起練習把單字唸出聲。試著把單字、句子、頁數等可以唸的內容換成問題來向孩子提問。

Can you read this page? 你可以讀讀看這一頁嗎？

Can you read this word? 你可以讀讀看這個單字嗎？

Can you read this letter? 你可以讀讀看這個字母嗎？

Can you read this sentence? 你可以讀讀看這個句子嗎？

Can you read this paragraph? 你可以讀讀看這個段落嗎？

一起讀今天的英語繪本

Shark in the Park
by Nick Sharratt

公園有鯊魚？從字面上來看，就覺得是有趣的故事。請和孩子在閱讀時，一起大聲地喊出 There's a shark in the park!，接著翻到下一頁來看看是否有真的鯊魚出現，還是有其他的東西出現。請試著利用衛生紙的芯筒做出望遠鏡，並模仿主角一邊上下移動望遠鏡的樣子，一邊讀這本書。

繪本中的每日一句

There's a shark in the park!

在公園裡有鯊魚！

繪本朗讀　童謠欣賞

DAY 052

What do you think this book will be about?

你覺得這本書是在說什麼內容呢？

當想要先讓孩子只看書的封面或圖片來推測書的內容時，可以使用這句英文。但如果想要問對方的想法時，可用英文來說 What do you think ~ about?。

唸1遍 唸3遍

052-1.mp3　052-2.mp3

 Look at the cover. What do you see?

看看封面。你看到了什麼？

 I see a girl and a tiger.

我看到了一個女孩和一隻老虎。

 Does the tiger look scary?

那隻老虎看起來可怕嗎？

 No, it looks very nice.

不，牠看起來很善良。

 What do you think this book will be about?

你覺得這本書是在說什麼內容呢？

Tip

首先，請先看看書的封面，並使用 This book will be about~ 來猜測書的內容。以後在閱讀完一本書之後，請試著用 This book is about~ 這個句子來說說書裡的內容。

This book is about a girl having tea with a hungry tiger.

 I think this book will be about a hungry tiger.

我覺得這本書應該是關於一隻肚子餓的老虎的故事。

What do you think~? 你覺得～怎麼樣？

意思是「你覺得～怎麼樣？」、「在你看來～怎麼樣？」的這個英文句型，是在詢問對方意見時所使用的表達方式。在回答的時候，使用 I think~ 就可以了。

What do you think the story is about?
你覺得這是關於什麼的故事？

What do you think the word tea means?
你覺得 tea 這個字是什麼意思？

What do you think you would do if you were the girl?
你覺得如果你是那個女孩的話，你會怎麼做？

一起讀今天的英語繪本

The Tiger Who Came to Tea
by Judith Kerr

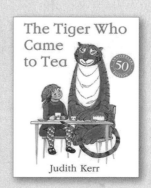

這本書是知名系列童書《Meg and Mog》的作者 Judith Kerr 所寫的書。來到蘇菲家喝下午茶的老虎一邊喊著肚子餓，一邊把家裡的食物全部吃完並離去了。最後，蘇菲準備了老虎再次拜訪時要給牠吃的食物，並等待老虎的到來。請利用扮家家酒的道具以及老虎娃娃，來和孩子一起試著把這個故事說出來吧。

繪本中的每日一句

We'd better open the door and see.

我們最好打開門看看。

DAY 053

Who is the main character?

主角是誰呢？

和孩子一起讀完書之後，試著問問看孩子書中的主角是誰。「主角」的英文叫做 main character。

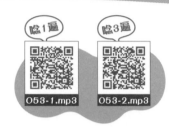

唸1遍 053-1.mp3　唸3遍 053-2.mp3

 Look at this cover.

看看封面。

Dr. Dog.

Who is the main character?

主角是誰呢？

 Dr. Dog.

大狗醫生。

 What can you tell me about Dr. Dog?

關於大狗醫生，你可以告訴我什麼呢？

 Dr. Dog is a good doctor.

大狗醫生是個好醫生。

He tells the Gumboyle family what to do to stay healthy.

他跟甘家一家人說，該怎麼做才能保持健康。

Who is~? ～是誰？

Who is~? 是在問某個對象時所使用的表達方式。在 Who 的後面使用一般動詞的話，可以用來詢問「是誰做了～？」

Who is your favorite character?　　你最喜歡的角色是誰？

Who is your least favorite?
你最不喜歡的（角色）是誰？

Who is the bad guy in the movie?　那部電影裡的壞人是誰？

Who wrote this story?　　　　　　是誰寫了這個故事的？

Who drew the pictures?　　　　　是誰畫了這些圖片的？

一起讀今天
的英語繪本

Dr. Dog
by Babette Cole

這本童書以有趣的方式，描述人和狗的立場互換之後，所發生的狀況。身為主治醫生的大狗，針對人們不良的生活習慣所產生的疾病來進行說明。在讀完本書之後，請試著說說看若想維持健康的話應該要怎麼做，也可用圖畫來表達。建議把這些分享完的內容整理完之後，再貼到牆上。

繪本中的每日一句

She caught a cold and got a sore throat.

她得了感冒，喉嚨很痛。

繪本朗讀

DAY 054

What does ducky mean?
ducky 是什麼意思？

在讀書的時候若遇到不會的單字，便能使用
這個表達方式。請試著在 What does ~ mean?
中間放入不認識的字並試著說說看。

唸1遍 054-1.mp3　唸3遍 054-2.mp3

 Look at this picture!

看看這張圖片！

What do you think it is?

你覺得這是什麼？

 I think it's a rabbit.

我覺得這是隻兔子。

 I think it's a ducky with a long bill.

我覺得這是一隻嘴巴很長的鴨子。

 What does *ducky* mean?

ducky 是什麼意思？

 It means a duck.

鴨子的意思。

 Oh, I see.

喔，原來如此。

詢問單字意思的表達方式

在閱讀英文書時，若是遇到不認識的單字或是表達，想要用中文或英文來問問看意思的時候，可以試著使用下面的句子來說說看。

What does this word mean?　　　這個單字是什麼意思？

What is the meaning of this word?　　這個單字的意思是什麼？

What does the expression *a piece of cake* mean?
a piece of cake 這句表達是什麼意思？

How do you say *Thank you* in Chinese?
Thank you 用中文要怎麼說？

How do you say "呱呱" in English?
「呱呱」用英文要怎麼說？

一起讀今天的英語繪本

Duck! Rabbit!
by Amy Krouse Rosenthal & Tom Lichtenheld

書中出現的動物既像是鴨子也像是兔子。請讀到最後，和孩子一起說說看這個動物看起來像什麼。請讓孩子把兔子和鴨子這兩隻動物畫出來，並試著比較這兩隻動物的外表。

繪本中的每日一句

That's not a duck. That's a rabbit!

那不是鴨子。那是一隻兔子！

DAY 055

Would you like to read about bugs, too?

你也想讀跟昆蟲有關的書嗎？

唸1遍 055-1.mp3　唸3遍 055-2.mp3

想表達「也」的時候，很容易會想到 also 這個單字，但在實際的會話之中，通常會在句尾用 too 來表達。

 Reading time!

讀書時間！

 Okay, Mom!

好的，媽媽！

 Choose your books, honey!

親愛的，來選你的書吧！

 I'd like to read about sea animals tonight.

我今天晚上想要讀有關海洋動物的內容。

 Would you like to read about bugs, too?

你也想讀跟昆蟲有關的書嗎？

I know you love nonfiction books.

我知道你喜歡非虛構類的書。

書的類別大致可以分為虛構故事（即小說類）的 fiction，以及真實故事（即非小說類）的 nonfiction。根據是否會出現真實事件等要素，fiction 又可以再區分成不同種類。請和孩子一起說說有關書的類別。

Is this book fiction or nonfiction?
這本書是虛構的故事還是真實的故事？

This book is realistic fiction because it could happen in real life.
這本書是寫實小說，因為在現實生活中可能會發生。

A fantasy is a story that could not happen in real life.
奇幻文學是現實生活中不會發生的故事。

A folk tale is a story that is passed down by people.
民間故事是人們傳承下來的故事。

一起讀今天的英語繪本

If You Ever Want to Bring an Alligator to School, Don't!
by Elise Parsley

充滿著趣味的圖片及故事，這本書很受孩子的喜愛。尤其是當紙飛機飛走，最後插到老師頭上的畫面，是孩子們感到有趣的一幕。請先說說這本書是屬於什麼種類，接著說說看如果自己是故事中的女主角的話，會不會把鱷魚帶到學校，以及在故事中的 show-and-tell 時間，會把什麼帶到學校去。

繪本中的每日一句

During art, an airplane will fly across the room.
在美術時間，會有一台飛機飛過教室。

繪本朗讀　童謠欣賞

Mom　你可以大聲唸一下書名嗎？
Can _____ _____ the title aloud?

Boy　《公園有鯊魚》。
Shark _____ _____ _____.

Mom　你覺得這本書是在說什麼內容呢？
What _____ _____ _____ this
book will be about?

Mom　主角是誰呢？
Who is _____ _____ _____?

Boy　大狗醫生。
Dr. Dog.

Girl　ducky 是什麼意思？
What _____ *ducky* _____?

Mom　鴨子的意思。
It _____ a duck.

Mom　你也想讀有關昆蟲的書嗎？
Would you _____ _____ _____
about bugs, too?

DAY
056
–
060

Time to study!

DAY 056

Let's take turns reading this book.

我們輪流來唸這本書吧！

唸1遍　056-1.mp3　　唸3遍　056-2.mp3

在練習把書本的內容唸出聲音來時，爸媽可以負責唸左邊的頁面，而孩子負責唸右邊的，試著輪流唸唸看。「輪流唸唸看」用英文來說就是 take turns reading。

 Can you read this book aloud?

你可以大聲唸唸看這本書嗎？

 It's too long.

太長了。

 Let's take turns reading this book.

我們輪流來唸這本書吧！

 Okay then.

好吧。

 I'll read the left-hand pages.

我來唸左邊的頁面。

You read the right-hand pages.

你來唸右邊的頁面。

Let's take turns -ing 我們輪流~吧

和孩子一起做家事的時候，或是一起進行其他各類活動時，可以使用這個句型來提議要如何輪流做某事、分配做某事的順序。take turns 的後面使用動詞 -ing 的形態就可以了。

Let's take turns washing the dishes. 我們輪流來洗碗吧。

Let's take turns driving. 我們輪流開車吧。

Let's take turns cleaning the room. 我們輪流打掃房間吧。

Let's take turns taking out the garbage.
我們輪流倒垃圾吧。

一起讀今天的英語繪本

Each Peach Pear Plum
by Janet Ahlberg & Allan Ahlberg

和孩子一邊玩 I SPY「我是小間諜」猜謎遊戲時，可以用鵝媽媽系列或是其他童書，一邊翻閱、一邊試著找出藏在書中的角色。這本童書的設計因為前一張圖片內容和下一張的是有關聯的，所以在翻頁之前，很適合和孩子一起說說對於圖片的想法。如果已經讀過鵝媽媽系列童書的話，在讀這本書的時候會覺得更有趣。與鵝媽媽系列童書有關的內容介紹，請參閱本書第 268 頁。

繪本中的每日一句

I spy the Three Bears.
我看到三隻熊。

DAY 057

What is your favorite part of the story?

這個故事裡，你最喜歡的是哪個部分？

唸1遍　唸3遍

057-1.mp3　057-2.mp3

讀完本書之後，請試著針對自己最喜歡的部分（favorite part）來說說看。

 How do you like the book?

你覺得這本書怎麼樣？

 It's hilarious!

很好笑！

 What is your favorite part of the story?

這個故事裡，你最喜歡的是哪個部分？

Can you show me the page?

可以給我看那一頁嗎？

 It's right here.

就在這裡。

 It's on page 25.

在第 25 頁。

favorite + 名詞　最喜歡的～

在孩子們長大的同時，他們的想法也會逐漸變得更加明確，會出現自己最喜歡的衣服以及最喜歡的玩具。詢問對方最喜歡的事物時，可以使用 favorite 這個單字來說說看。

What is your favorite color?　　你最喜歡的顏色是什麼？

What is your favorite toy?　　你最喜歡的玩具是什麼？

What is your favorite book?　　你最喜歡的書是什麼？

What is your favorite animal?　　你最喜歡的動物是什麼？

Who is your favorite friend?　　你最喜歡的朋友是誰？

一起讀今天的英語繪本

Who Sank the Boat?
by Pamela Allen

動物們一隻一隻在上船的同時，船身也會因為動物的重量而一點一點地下沉。孩子們在閱讀這本書時，時時刻刻都在擔心著船會沉到水裡，所以總是讀得提心吊膽的。請試著在浴缸裡放一艘玩具船，並把塑膠娃娃放到船上，和孩子一起猜猜看是誰會讓船沉下去。

繪本中的每日一句

Do you know who sank the boat?

你知道是誰讓船沉下去的嗎？

繪本朗讀　　童謠欣賞

DAY 058

Let's make a bookmark.
我們來做書籤吧。

唸1遍 / 唸3遍

058-1.mp3 / 058-2.mp3

請試著把故事主角所說過的話寫在冰棒棍上，並做做看書籤吧！「做書籤」用英文來說就是 make a bookmark。

 Let's make a bookmark.

我們來做書籤吧。

 Yeah!

耶！

 Do you want to use paper or popsicle sticks?

你想用紙還是冰棒棍？

Popsicle sticks!

冰棒棍！

 Could you pass me the glue gun?

可以把熱熔槍拿給我嗎？

I'll heat it up.

我來加熱。

 ★ 要使用代名詞 it 的時候，請注意要說 heat it up，而非 heat up it(x)

 Tip

「加熱」的英文是 heat up 或是 warm up。

heat up the car（熱車）
heat up the food（加熱食物）

做手工的工具名稱

和孩子一起進行手工藝活動時，自然會用到很多不同的工具或材料。要不要一起來認識幾個代表性的工具或材料名稱呢？請把單字放到空格中練習說說看。

> **Could you pass me the _____?**
> 可以把～拿給我嗎？

glue stick 口紅膠

goggly eyes 玩偶眼睛

origami paper 色紙

marker 麥克筆

scissors 剪刀

pipe cleaner 毛根

glitter 亮粉

highlighter 螢光筆

一起讀今天的英語繪本

Where's My Teddy?
by Jez Alborough

是一本有孩子們所喜愛的泰迪熊的書。這本書貼切地描述了當自己喜歡的泰迪熊消失的話，會是什麼樣的心情。讓孩子們抱著自己喜歡的娃娃，然後再讀這本書給他們聽吧。讀完書之後，請試著把各種不同顏色的熊的圖片藏在家裡的四周，接著來玩尋找熊的遊戲。

繪本中的每日一句

I want my bed!
I want my teddy!

我想要我的床！我想要我的泰迪熊！

DAY 059

Does that story remind you of anything?

這個故事有沒有讓你想到什麼呢？

唸1遍 059-1.mp3

唸3遍 059-2.mp3

在和孩子一起讀完書之後，請說說看自己的讀後感，並請孩子回想一下書的內容。「讓 A 想到～」用英文來說就是 remind A of~。

What do you want to read tonight?

你今晚想讀什麼書？

I'd like to read a *Charlie and Lola* story.

我想讀《查理與蘿拉》系列中的一個故事。

Which one?

哪一個故事呢？

My Wobbly Tooth Must Not Ever Never Fall Out.

《我那顆在搖的牙齒絕對絕對不能掉》。

Does that story remind you of anything?

這個故事有沒有讓你想到什麼呢？

I have two wobbly teeth. Just like Lola.

我有兩顆在搖的牙齒，就跟蘿拉一樣。

將書跟孩子的經驗做連結的提問

在讀完書之後，除了可以聊書裡的內容之外，也可以和孩子一起說說讀完書之後所想到的個人經驗，或是試著跟其他本書比較看看，說出自己的想法。請試著把書本內容及日常生活做連結，來問孩子問題，讓孩子有練習思考的機會。

What have you learned?　你學到了什麼？

What does this story remind you of?　這個故事讓你想起了什麼？

Can you relate to the characters in the story?
你能跟故事的角色們產生共鳴嗎？

How is this book similar to other books you've read?
這本書跟其他你讀過的書，有什麼類似的地方？

How is this story different from things that happen in the real world?　這個故事跟在真實世界發生的事，有什麼不一樣？

一起讀今天的英語繪本

Charlie and Lola:
My Wobbly Tooth Must Not Ever Never Fall Out
by Lauren Child

《查理與蘿拉》系列的優點是有中文翻譯版本，而且有 DVD 可以看。雖然這本書的字數不少，但卻以有趣的方式，將孩子們在日常生活中常碰到的情況給描繪出來。在讀完書之後，請試著比較主角和自己的經驗，然後畫出有幾個圓圈圈交集的文氏圖（venn diagram）來看看。

繪本中的每日一句

I have this little sister, Lola.
She is small and very funny.

我有個妹妹叫蘿拉。她很嬌小，也很有趣。

161

DAY 060

Why don't you write an email to the writer?

你要不要寫封 email 給這位作家呢？

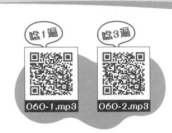

唸1遍 060-1.mp3　唸3遍 060-2.mp3

知名的作家們有時也會親自經營自己的網站，並且直接回應孩子的 email。可以直接去作家的網站提問，也可以在作家的社群媒體（SNS）上留言喔。

 Who is your favorite author?

你最喜歡的作者是誰？

 I like Tedd Arnold.

我喜歡泰德・阿諾德。

 I heard some children emailed him and he wrote back to them.

我聽說有些小朋友寄了 email 給他，而且他都有回信給他們。

Why don't you write an email to him?

你要不要寫封 email 給他呢？

 I don't know how.

我不知道怎麼做。

 Let me help you. You can do it!

我來幫你。你可以的！

給孩子們自信的表達方式

除了 You can do it!（你可以的！）以外，給孩子自信的表達方式還有以下幾種。

Believe in yourself.　　　　　　　相信你自己。

I believe in you.　　　　　　　　我相信你。

I'm so proud of you.　　　　　　我以你為榮。

Don't be afraid and give it a try.　別害怕，試試看。

Don't be disappointed. You did your best.
別失望。你盡力了。

一起讀今天的英語繪本

Hi! Fly Guy
by Tedd Arnold

這是個關於主角巴斯（Buzz）和他的蒼蠅寵物的有趣故事。這個系列的第一篇故事敘述了蒼蠅小子（Fly Guy）是怎麼成為巴斯的寵物的。請試著做出蒼蠅小子的閱讀手指棒（reading pointer），以有趣的方式閱讀這本書。

繪本中的每日一句

You are the smartest pet in the world!

你是世界上最聰明的寵物！

Mom 我們輪流來唸這本書吧！

Let's _____ _____ reading this book.

Girl 好吧。

Okay then.

Mom 這個故事裡，你最喜歡的是哪個部分？

What is your _____ _____ of the story?

可以給我看那一頁嗎？

Can you _____ _____ the page?

Mom 我們來做書籤吧。

Let's _____ _____ _____ .

Girl 耶！

Yeah!

Mom 這個故事有沒有讓你想到什麼呢？

Does that story _____ you _____ anything?

Boy 我有兩顆在搖的牙齒。

I have _____ _____ _____ .

Mom 你要不要寫封 email 給他呢？

Why don't you _____ _____ _____

to him?

Girl 我不知道怎麼做。

I don't know _____ .

DAY
061
–
065

Time to study!

DAY 061

Can you find a word that rhymes with *cry*?

你可以找到跟 cry 押韻的單字嗎？

即便孩子還不識字，但多聽英文單字的話，還是能區分出單字的字首音或尾音是否一樣。

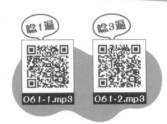

There are so many rhyming words in this story.

這個故事裡有好幾個押韻的單字呢。

What are rhyming words?

什麼是押韻的單字？

Rhyming words are words that have the same ending sound. Like cat and mat.

押韻的單字是指字尾發音一樣的字。像是 cat 和 mat。

Can you find a word that rhymes with cry?

你可以找到跟 cry 押韻的單字嗎？

Fly!

Fly！

童書裡常出現的 rhyming words

在所有童書之中，保留 rhyming words（押韻字）的特色、讓人能感受到英文的律動感，並以趣味方式來閱讀的童書有很多。其中，作家 Dr. Seuss 的作品就是其中一個保留 rhyming words 特色的代表性童書。

cat – mat – hat	**dog – hog – log**	**fish – dish – swish**
貓-墊子-帽子	狗-豬-原木	魚-盤子-發出嗖搜聲
jam – ham – Sam	**hop – pop – mop**	**hen – pen – men**
果醬-火腿-山姆	跳躍-彈出-拖把	母雞-筆-男人們

接著可以來玩猜猜哪些單字押韻的遊戲。在列出三個單字之後，試著問孩子什麼單字押韻、什麼單字沒押韻。

Mom　**Which word does not rhyme?** 哪一個單字沒押韻？
　　　　Fine – pine – pin.
Boy　**Pin!**

一起讀今天的英語繪本

Green Eggs and Ham
by Dr. Seuss

知名作家 Dr. Seuss 的作品，能夠讓人感受到英文的節奏感，以及語言遊戲的魅力。在書裡面讀到 Do you ~?、Would you~? 等問句的同時，也看著孩子的臉，用像是在問孩子問題的方式來讀這本書。請盡量帶著節奏感閱讀這本書，讓孩子看著圖片便能理解內容。在讀完書之後，請試著把 green eggs and ham 畫出來，或是找出書中最喜歡的場景。

繪本中的每日一句

Do you like green eggs and ham?

你喜歡綠雞蛋和火腿嗎？

DAY 062

Can you find the word that starts with the letter a?

你找得到字母 a 開頭的單字嗎？

唸1遍　唸3遍
062-1.mp3　062-2.mp3

在孩子大致能區分英文的大寫字母時，便能在閱讀的同時進行找英文字母的活動。「找單字」用英文來說就是 find a word。

 Mom! I can read these flash cards.

媽媽！我能讀這些單字卡。

 Great! Let's see.

太棒了！我們來看看吧。

 Ask me any question, Mom!

媽媽，來問我問題吧！

 Can you find the word that starts with the letter a?

你找得到字母 a 開頭的單字嗎？

 Alligator!

Alligator（鱷魚）！

 Wow! You can really read the word.

哇！你真的會讀單字了。

Can you find~? 你找得到～嗎？

這是一個問孩子能否從書中的單字中找到相同的字母或是有押韻的單字，
可用的表達方式。

Can you find the letter K? 你找得到字母 K 嗎？

Can you find five lower case *Ts*? 你找得到五個小寫的 T 嗎？

Can you find all the uppercase letters?
你找得到所有的大寫字母嗎？

Can you find the vowel in this word?
你找得到這個字的母音嗎？

Can you find the word that rhymes with the word *bat*?
你找得到跟 bat（蝙蝠）這個字押韻的單字嗎？

一起讀今天
的英語繪本

Not a Box
by Antoinette Portis

在這本書中會反覆出現 It's not a box 這個句
子。請試著把 box 換成其他的物品名詞，套
用 It's not a ～ 這個句型來說說看。在讀完此
書之後，請試著說說看能用家裡的紙箱做出什
麼，並和孩子一起做做看。

繪本中的每日一句

It's not a box.

這不是箱子。

DAY 063

What is the name of this letter?

這個字母的名字叫什麼？

063-1.mp3　063-2.mp3

孩子們能把字母歌唱得很好，並不代表孩子能夠把字母的名字都確實記住。
請一個一個指出英文字母，並問問孩子每個字母的名字和其發音。

 Do you know all the letters of the alphabet?

你認識所有的英文字母嗎？

 Sure!

當然。

 What is the name of this letter?

這個字母的名字叫什麼？

 P.

P.

 Awesome!

很棒！

Then what sound does it make?

那麼它發什麼音？

 /p/.

/p/.

170

稱讚和鼓勵的表達方式

俗話說，稱讚能讓鯨魚跳起舞來。對孩子請毫無保留地說出「做得好！」、「了不起！」，來給孩子稱讚及鼓勵。

Excellent!	太棒了！
Good job!	做得好！
Way to go!	做得很好，就是那樣！
Keep it up!	做得很好，繼續努力！
Keep up the good work!	繼續保持！
I knew you could do it!	我就知道你做得到！
I'm very impressed.	太感動了！

一起讀今天的英語繪本

Olivia
by Ian Falconer

這是一本獲得凱迪克榮譽獎（Caldecott Honor Book）的作品，將主角奧莉維亞獨特的思考方式和可愛的行動，用插圖表現出來。因為是將日常生活中有趣的事情都描繪出來，因此孩子們可能會聯想到自己做過的行為。請找找看奧莉維亞在天氣好的時候和下雨的時候會做什麼，並和孩子一起在圖畫本上，畫出天氣好時和天氣不好時可以做的活動有哪些。

繪本中的每日一句

Olivia gets dressed.
奧莉維亞穿好衣服。

DAY 064

Which two words have the same beginning sound?

哪兩個單字的第一個音是一樣的發音呢？

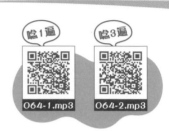

唸1遍　唸3遍

064-1.mp3　064-2.mp3

在打算要教孩子自然發音（phonics）之前，孩子首先需要會聽完發音之後便知道其發音的音素。請記得「第一個音」或「字首音」的英文是 beginning sound，並試著用英文問問孩子。

 How many words are there?

這裡有幾個單字？

 One, two, three. There are three.

一、二、三。有三個單字。

 Which two words have the same beginning sound?

哪兩個單字的第一個音是一樣的發音呢？

 Cat! Cap!

Cat！Cap！

 What is the beginning sound?

他們的第一個音是什麼？

 /k/.

/k/.

CAT CAP

在閱讀內容有很多押韻單字的英文書時，請在書中找找有哪些單字押韻。用單字卡來記憶單字時，建議也可以來玩單字有幾個音節就貼幾張貼紙的遊戲。

Which two words start with the same sound?
哪兩個單字的開頭音是一樣的？

Which two words end with the same sound?
哪兩個單字的尾音是一樣的？

Which letter does the word cat start with?
cat（貓）這個單字的字首是哪一個字母？

How many syllables does the word have?
這個單字有幾個音節？

> 一起讀今天
> 的英語繪本

Ten Black Dots
by Donald Crews

請把糖果或是棋子等物品放在書本的上面，並試著從數字 1 數到10。在數數字的同時，請找找看與每個數字押韻的單字有哪些並唸唸看。一邊感受英語的韻律，一邊唸出數字會更加有趣唷。請將黑色的色紙剪成圓形，並貼到圖畫本上或是畫出來，接著說說看用這些圓可以做出什麼東西。

繪本中的每日一句

Ten dots can make balloons
stuck in a tree.

用十個圓點可以做出被卡在樹上的氣球。

繪本朗讀　　童謠欣賞

DAY 065

Let's chant along.
我們來跟著唱吧！

065-1.mp3　065-2.mp3

和孩子在家裡做自然發音練習的時候，請試著用唱歌的方式來練習吧。這有利於培養英文口說流暢度的掌握。

 Phonics time! Bring your phonics book.

自然發音時間！請去拿你的自然發音課本來。

Okay, Mom!

好的，媽媽！

Play the CD and listen to the new words.

放 CD 來聽新單字吧。

I'm done.

好了。

Great! Here is a chant.

太棒了！有歌曲耶。

Let's chant along.

我們來跟著唱吧！

Here we go!

開始！

動詞 + along　跟著（做）～

along 是意思為「跟著～」的介系詞。如果想跟對方說「跟著某事物做某事」的話，在動詞後面加上 along 就可以了。

Read along.　　　　　　　　跟著讀。

Sing along.　　　　　　　　跟著唱（這首歌曲）。

Chant along.　　　　　　　跟著吟誦（這首歌曲）。

Walk along.　　　　　　　　跟著走。

Run along.　　　　　　　　跟著跑。

一起讀今天的英語繪本

Love You Forever
by Robert Munsch & Sheila McGraw

是一本必須讓孩子坐在父母腿上，讀給孩子聽的故事書，是一本能夠完美地讓人感受到父母愛的書。在讀完本書之後，請對孩子說 Don't forget how much I love you. I love you forever.。請務必把下面的「繪本中的每日一句」記下來並說說看。

繪本中的每日一句

I'll love you forever.

我會永遠愛你。

繪本朗讀　　童謠欣賞

Mom　你可以找到跟 cry 押韻的單字嗎？
Can you find a word that _____ _____ cry?

Mom　你找得到字母 a 開頭的單字嗎？
Can you find the word that starts _____ _____ _____ a?

Mom　這個字母的名字叫什麼？
What is _____ _____ _____ this letter?
Boy　P.
P.

Mom　哪兩個單字的第一個音是一樣的發音呢？
Which two words have _____ _____ _____ _____ ?

Mom　我們來跟著唱吧！
Let's _____ _____ .
Boy　開始！
Here we go!

DAY
066
I
070

Time to study!

DAY 066

Can you trace the word with your finger?

你可以用手指寫寫看這個字的拼字嗎？

唸1遍 066-1.mp3　唸3遍 066-2.mp3

當孩子開始練習寫字時，都會順著灰色或虛線的字來練習描、練習寫對吧？「順著寫」的英文叫做 trace。

 Read the words, please.

請唸唸看這些單字。

Can, fan, man, pan.

Can（罐子）、fan（扇子）、man（男人）、pan（平底鍋）。

What is your favorite word?

你最喜歡哪個字？

I like fan.

我喜歡 fan（扇子）。

Can you trace the word with your finger?

你可以用手指寫寫看這個字的拼字嗎？

Sure! F. A. N.

當然！F.A.N。

178

trace 順著～（畫、寫）

trace 這個字指孩子在正式寫字以前，先練習描線條的行為。

Trace the zigzag lines.　　　　　請順著鋸齒線畫畫看。

Trace the shapes.　　　　　　　請順著這些形狀畫畫看。

Trace the numbers.　　　　　　　請順著數字寫寫看。

Trace the line from left to right.　請沿著線從左邊畫到右邊。

Put the tracing paper over the picture and trace.
請把描圖紙放在圖片上面，並跟著畫畫看。

一起讀今天
的英語繪本

Pete's a Pizza
by William Steig

覺得無聊的彼得，把自己的父母變成披薩了。
請模仿書中的內容，假裝把孩子當成是麵團來
搓揉，再把房間裡有的玩偶玩具當作是配料放
上去，假設孩子變成披薩了。閱讀這本書的同
時，配合身體的動作來玩的話，閱讀童書很快
就會變成是有趣好玩的遊戲。

繪本中的每日一句

It's time for this pizza to be put in the oven.
把這塊披薩放入烤箱的時間到了。

繪本朗讀　　童謠欣賞

DAY 067

Start the sentence with a capital letter.

句子的開頭要大寫。

請告訴孩子英文句子的開頭要大寫，在句子的最後要加上一點句號。「大寫字母」叫做 capital letter；「小寫字母」叫做 small letter。

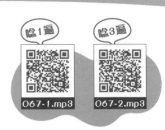

唸1遍　唸3遍

067-1.mp3　067-2.mp3

 Did you write this sentence?

這個句子是你寫的嗎？

 Yes.

是的。

 It's a good sentence.

是個好句子。

But you made a mistake.

但是你犯了個錯。

Can you guess what it is?

可以猜到是什麼問題嗎？

 **Start the sentence with a capital letter.**

句子的開頭要大寫。

That's right!

答對了！

with + 名詞　用～

介系詞 with 很常被用作「用～」「帶有～」的意思。請試著想像下列句子的情境，並對孩子說說看。

Draw a picture with crayons.　　　用蠟筆畫圖。

Do your homework with a pencil.　　用鉛筆做你的作業。

Complete the sentence with a rhyming word.
用押韻的單字來完成這個句子。

Match the word with the correct picture.
將單字跟正確的圖片做配對。

Fill in the blank with a noun.　　　請用名詞來填空。

一起讀今天的英語繪本

Harold and the Purple Crayon
by Crockett Johnson

這是個關於主角 Harold（哈洛德）用紫色的蠟筆作畫，並經歷到各類狀況的故事。閱讀這本書的時候，請在旁邊先準備好圖畫本以及紫色的蠟筆。請一邊閱讀故事，一邊像哈洛德那樣地畫圖，來幫孩子營造出自己像是成為主角的體驗。

繪本中的每日一句

And then Harold made his bed.
然後哈洛德把床鋪整理好了。

繪本朗讀　動畫欣賞

181

DAY 068

Leave a finger space.
要空出一個手指頭寬的空間。

孩子在剛開始練習寫句子的時候，常會把單字都連在一起寫。像這種情況，請告訴孩子在寫英文句子的時候，要在單字之間留下一個手指頭寬的空間，也就是要留空格。

 When you write a sentence, you need to put spaces between the words.

當你在寫句子的時候，需要在單字之間空出空格。

 I don't get it.

我不懂。

 Put your finger down on the page.

把你的一隻手指放到這一頁上面。

 Like this?

像這樣嗎？

 Leave a finger space.

要空出一個手指頭寬的空間。

Then start your next word.

然後再開始寫下一個字。

> **Tip**
> 「知道了」、「懂了」的英文是 I got it；「我不知道」、「我不懂」的英文則是 I don't get it。

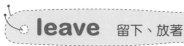

leave 留下、放著

動詞 leave 除了有「離開」的意思之外，也常被用作「留下」、「放著」的意思。

Leave no space. 不要留下空格。

Leave no trace. 不要留下任何痕跡。

Leave me alone. 讓我一人靜一靜。

Leave the lights on. 讓燈開著。

Leave the window open. 讓窗戶開著。

一起讀今天的英語繪本

Snow
by Uri Shulevitz

閱讀這本書時，請想像一下正抬著頭看著下雪天空的孩子，接著比較一下此時這位孩子的內心世界，以及用不同的心態看待降雪天空的大人的內心世界。請試著找找看出現在書中的各個鵝媽媽系列角色，並和孩子一起呼叫鵝媽媽。

繪本中的每日一句

"It's snowing," said boy with dog.

「在下雪了」跟小狗在一起的小男孩這樣說。

繪本朗讀　童謠欣賞

DAY 069
Don't forget a period at the end.
別忘了要在最後加上句點。

英文句子的開頭都要大寫；句尾則要加上句號或問號等標點符號。「句號」的英文是period；「問號」則是 question mark。

 Are you done with your homework?

你的功課都做完了嗎？

Working on it.

正在做。

Please capitalize the pronoun I.

請把代名詞 I 大寫。

Okay.

好。

Don't forget a period at the end.

別忘了要在最後加上句點。

I see.

知道了。

一個句子通常是由主詞、動詞及其他詞類、標點符號等固定的形式組成。
以下介紹當孩子們在練習寫句子的時候，爸媽可以說的表達方式。

Capitalize the first letter of a sentence.
句子的第一個字母請大寫。

I is always capitalized.
I 一定都要大寫。

Is it a telling sentence or an asking sentence?
這是一句直述句還是一句問句呢？

Unscramble the words to make a complete sentence.
請把這些單字做正確的排序，來寫出完整的句子。

一起讀今天的英語繪本

The Snowy Day
by Ezra Jack Keats

這是一本很適合在下雪時閱讀的書。請試著說
說看用英文怎麼表達踩在雪上時發出的聲音，
以及下雪時能做什麼樣的活動。請試著用說的
或是用畫的，將孩子在下雪時可做的活動，來
和書裡的內容做比較看看。

繪本中的每日一句

Crunch, crunch, crunch,
his feet sank into the snow.
嘎吱、嘎吱、嘎吱，他的雙腳陷入雪中了。

繪本朗讀　季節歌欣賞

DAY 070

Your handwriting is pretty neat!

你的字寫得很整齊呢！

唸1遍　唸3遍

070-1.mp3　070-2.mp3

才剛開始學習寫字的孩子，字都寫得歪七扭八的，就像是在畫圖一樣吧？當孩子把字寫得整整齊齊的時候，請試著用 neat 這個單字來稱讚孩子吧。

It's a lion.

 What are you doing?

你在做什麼？

 I'm doing my homework.

我在做功課。

 Are you writing a sentence?

你在寫句子嗎？

 Yeah.

對啊。

 Your handwriting is pretty neat!

你的字寫得很整齊呢！

 Thank you, Mom.

謝謝，媽媽。

寫英文字母的方式

請告訴孩子在練習英文字母時，要如何正確書寫。

A **Slant down. Slant down. Across.**
斜斜地往下、斜斜地往下，然後再一橫。

B **Pull down. Up. Around and in. Around and in.**
直直地往下，上去，往內畫一個圈、往內畫一個圈。

C **Pull back and around.**
往後畫一個圈。

D **Pull down. Up and around.**
直直地往下，上去再畫一個圈。

一起讀今天的英語繪本

A Color of His Own
by Leo Lionni

A color of his own

Leo Lionni

變色龍是個會隨周圍的顏色而改變膚色的動物。主角變色龍見到了他的同伴，同伴說就算周圍的顏色改變，但只要他們待在一起，顏色還是會保持一樣的。之後，他們一起尋找屬於自己的顏色。孩子非常喜歡作家 Leo Lionni 的這本獨特的作品。在讀完本書之後，請試著用水彩畫出變色龍繽紛的顏色，並說說關於這本書的內容。

繪本中的每日一句

You and I will always be alike.
你跟我（的顏色）永遠都會是一樣的。

繪本朗讀　　動畫欣賞

Mom 你可以用手指寫寫看這個字的拼字嗎？

Can you _____ _____ _____ with your finger?

Girl 當然！

Sure!

Boy 句子的開頭要大寫。

Start the sentence with a _____ _____.

Mom 答對了！

That's right!

Mom 要空出一個手指頭寬的空間。

Leave _____ _____ _____.

然後再開始寫下一個字。

Then start your _____ _____.

Mom 別忘了要在最後加上句點。

Don't _____ _____ _____ at the end.

Boy 知道了。

I see.

Mom 你的字寫得很整齊呢！

Your handwriting is _____ _____!

Girl 謝謝，媽媽。

Thank you, Mom.

188

DAY 071 | 075

Time to study!

DAY 071

Why don't you turn captions on?

要不要把字幕打開呢？

播放符合孩子程度的 DVD 給孩子看時，如果 DVD 的內容有很多陌生的單字，請開字幕給孩子看。「開字幕」叫做 turn on captions。

唸1遍 071-1.mp3　唸3遍 071-2.mp3

 What are you doing?

你在做什麼？

 I'm watching *Octonauts*.

我在看《海洋小英雄》。

What is the story about?

那是關於什麼的故事？

It's about saltwater crocodiles.

是關於海洋鱷魚的故事。

It seems a bit difficult for you.

對你來說好像有一點難。

Why don't you turn captions on?

要不要把字幕打開呢？

 Tip

It seems~ 的意思是「看起來好像～」，在表達「我覺得好像～」的時候可以使用此句型：It seems to me ~、It seems like ~。

turn on 開 turn off 關

turn on 不只是用在開影片的字幕時，開收音機或電視的時候也可用 turn on 來表達。相反地，「關」則是 turn off。

Can you turn on the lights?　　你可以把燈打開嗎？

Can you turn on the DVD player?
你可以把 DVD 播放機打開嗎？

Please turn on the radio.　　請打開收音機。

Please turn off the TV.　　請把電視關掉。

Please turn off the lights.　　請把燈關掉。

一起讀今天的英語繪本

Sylvester and the Magic Pebble
by William Steig

這是一本榮獲凱迪克獎的書。撿到一塊魔法石的驢小弟一直在苦惱著應該要許下什麼樣的願望，結果自己卻變成了一塊石頭。最後得以再次見到家人的驢小弟，終於體會到家人的重要性。如果覺得內容又長又難的話，請讀讀看中文的翻譯版本《驢小弟變石頭》。讀完書之後請把家人畫出來。

繪本中的每日一句

I wish I were a rock.
真希望我是一顆石頭。

DAY 072

Turn down the volume, please.

請把音量調小聲一點。

想把音量調低或是調高的時候，用動詞 turn 來表達。「調低音量」用 turn down；「調高音量」則用 turn up。

唸1遍 072-1.mp3　唸3遍 072-2.mp3

 The TV is too loud.

電視太大聲了。

Turn down the volume, please.

請把音量調小聲一點。

 Okay.

好的。

 Did you turn it down?

你把音量調小聲了嗎？

It's still too loud.

現在還是太大聲了。

 It's not working.

調不了。

I think (the battery is dead).

我想電池沒電了。

★ 這句的意思是指電池的壽命已盡，也就是電池沒電了。也可以說 The battery died.。「我的手機沒電了」為 My phone died.。

192

turn up 調高 　　 turn down 調低

調高音量或是溫度等時，動詞用 turn up；調低則使用 turn down 來表達。

Can you turn up the volume?
你可以把音量調大聲嗎？

Can you turn the music down a bit?
你可以把音樂調小聲一點嗎？

Can you turn down the heater?
你可以把暖氣調低嗎？

turn up 和 turn down 也可被用作其他的意思。在以下的例句中，turn up 是「出現」的意思；turn down 則是「拒絕」的意思。

Did you turn down a new job offer?
你拒絕了新的工作機會嗎？

A new job will turn up soon.
新工作很快就會出現的。

> 一起讀今天的英語繪本

Pete the Cat: I Love My White Shoes
by Eric Litwin & James Dean

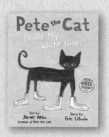

這本書的主角是一隻不管發生什麼事，都能正向思考與付出行動的貓咪 Pete。即便腳上穿的白色運動鞋會因為不同的狀況而改變顏色，這隻個性好的貓咪總是會一邊說著 I love my~，一邊開心地唱歌。
每當有狀況發生的時候，請一邊問問孩子說他／她覺得鞋子會變成什麼顏色，一邊閱讀這本書。請試著畫出貓咪的運動鞋或試著做出來，並給故事裡的貓咪穿上，也可一邊模仿他彈吉他的樣子，一邊唱歌。

> 繪本中的每日一句

What color did it turn his shoes?

他的鞋子變成什麼顏色了？

繪本朗讀　　童謠欣賞

DAY 073

Which episode would you like to watch?

你想看哪一集？

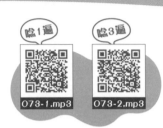

唸1遍 073-1.mp3　唸3遍 073-2.mp3

如果一張 DVD 裡面有很多集數，可以問孩子想從哪一集開始看。「哪一集」用 which episode 來表達就行了。

I'd like to watch a *Max and Ruby* DVD.

我想看「小兔麥斯和露比」的 DVD。

Which episode would you like to watch?

你想看哪一集？

Max's Halloween.

「麥斯的萬聖節。」

Do you want to read the matching book as well?

你也想要讀搭配的書嗎？

Maybe later.

可能等一下吧。

Let me know if you want the book.

如果你想要那本書，請告訴我。

as well 也~

意思是「（不只…）也」的 as well，在口語中通常放在句尾使用。

Milk, please. Can I have water as well?
請給我牛奶。也可以給我水嗎？

I thought only the children were invited but their parents were invited as well.
我以為只有孩子被邀請，但他們的父母也被邀請了。

He is tall and good-looking as well.
他很高，也很好看。

My friends are going shopping. I might go as well.
我的朋友們要去購物。我可能也會去。

一起讀今天的英語繪本

Max & Ruby: Bunny Cakes
by Rosemary Wells

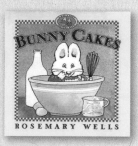

《小兔麥斯和露比》系列也有出 DVD，因此這個系列非常受歡迎。可以一邊看搗蛋鬼主角麥斯的模樣，一邊愉快地閱讀書本。請指著書中的圖片，用有趣的方式來閱讀這本書。在讀完書之後，請像麥斯一樣在遊樂場裡面用沙子做蛋糕，或是直接在廚房裡做蛋糕。

繪本中的每日一句

Don't touch anything, Max.
什麼都不要碰，麥斯。

繪本朗讀　親子頻道

DAY 074

What would you do if you were Peppa?

如果你是佩佩豬，你會怎麼做？

在一邊看書或是 DVD 的時候，請問問孩子如果他是主角的話會怎麼做。想用英文表達「如果你是～的話」時，只要說 if you were~ 就行了。

唸1遍
074-1.mp3

唸3遍
074-2.mp3

 What are you watching?

你在看什麼？

 Peppa Pig! It's a new episode.

《粉紅豬小妹》！這是新的一集。

 Does Peppa have a problem?

佩佩遇到什麼問題了嗎？

 Yes. She gets lost in the store.

對。她在店裡面迷路了。

 What would you do if you were Peppa?

如果你是佩佩豬，你會怎麼做？

I would ask a woman with a child for help.

我會跟帶著孩子的女性請求幫忙。

If + 主詞 + 動詞　如果～的話

請和孩子一起說說看如果成為電影或書中的主角時，會做什麼事呢。同時也問問孩子為什麼會這樣想呢。

If you were the teacher, what would you do differently?

如果你是那位老師，你會用什麼不一樣的方式來做呢？

If you were a millionaire, what will you do?

如果你是百萬富翁，你會做什麼呢？

If you were a *Harry Potter* character, who would you be?

如果你是《哈利・波特》裡的人物，你會是誰呢？

If you opened a store, what would you sell?

如果你開了一家店，你會賣什麼呢？

If your teddy bear could talk, what would he say?

如果你的泰迪熊會說話，他會說什麼？

一起讀今天的英語繪本

Peppa Pig: Peppa Goes Camping
by Neville Astley

《粉紅豬小妹》系列有很多可以結合書本和影片搭配一起看的內容。而這本書是關於佩佩一家人去露營時，經歷了各種事情的故事。請試著應用今天所學到的對話，問問孩子有關佩佩一家人遭遇到的事情。此外，請可以到附近的公園和孩子一起去露營吧。

繪本中的每日一句

Can you tell us where to go?

你可以告訴我們要去哪裡嗎？

繪本朗讀　動畫欣賞

DAY 075

Have you watched this DVD?

這個 DVD 你看過嗎？

 唸1遍 075-1.mp3
 唸3遍 075-2.mp3

每看過一遍書本或是 DVD 的話，就在上面貼上一張貼紙，如此一來就能知道什麼書或 DVD 看了最多次。「你看過～嗎？」就是 Have you watched ~?。

 Have you watched this DVD?

這個DVD你看過嗎？

 I don't think so.

我覺得沒有。

 Me, neither.

我也沒有。

 Why don't we watch it together?

我們一起來看怎麼樣？

 Can we watch it in an hour?

我們可以一小時之後再來看嗎？

I have to finish my work first.

我得先把我的工作弄完。

 Okay, Mom.

好的，媽媽。

表達時間的介系詞 in

表達時間的介系詞 in 會根據後面出現的不同名詞，來表示「在某某年」
（如 in 2010）、「在多少年後」（如 in years）、「在多少小時之後」
（如 in an hour）、「在多少分鐘之後」（如 in a minute）等意思。

He was born in 2010.　　　他在 2010 年出生。

I'll be there in an hour.　　我一小時後會到。

I'll be there in a minute.　　我馬上到。

I'll be back in a moment.　　我馬上回來。

I haven't seen him in years.　我多年沒見過他了。

一起讀今天
的英語繪本

The Dot
by Peter H. Reynolds

這是一本在孩子沒有自信或沮喪的時候，適合
讀的書。內容是關於大人們的一句話或行動便
能改變孩子，是一本引起共鳴的書。請時常
對孩子說 I bet you can. 這句話。在讀完書之
後，請像主角一樣，利用各種顏色的水彩畫出
點點，並說說看這會是什麼樣的作品。作品完成之後，請孩子學畫
家一樣帥氣地簽名，並把作品掛在牆上。

繪本中的每日一句

I bet you can.

我打賭你可以。

童謠欣賞

Review 請看圖說說看

Mom	對你來說好像有一點難。 _____ _____ **a bit difficult for you.** 要不要把字幕打開呢？ **Why don't you** _____ _____ _____**?**

Mom	電視太大聲了。 **The TV is too** _____**.** 請把音量調小聲一點。 **Turn** _____ _____ _____**, please.**

Mom	你想看哪一集？ **Which episode** _____ _____ _____ **to watch?**

Mom	如果你是佩佩豬，你會怎麼做？ **What** _____ _____ _____ **if you** **were Peppa?**

Mom	這個 DVD 你看過嗎？ **Have** _____ _____ **this DVD?**
Boy	我覺得沒有。 **I don't think so.**

DAY
076
–
080

Time to study!

DAY 076

Let's count by 2s.
我們來數 2 的倍數吧！

唸1遍 076-1.mp3　唸3遍 076-2.mp3

這是在數 2 的倍數、5 的倍數以及 10 的倍數等時，可以使用的表達方式。請記得要在數字後面加上 s 來表達。

 Let's practice counting.

我們來練習數數吧。

One, two, three, four, what comes next?

一、二、三、四…，接下來是什麼？

 Five!

五！

 Excellent!

太棒了！

Then two, four, six... then what?

那麼，二、四、六…然後呢？

Eight!

八！

 Brilliant! Let's count by 2s.

好厲害！我們來數 2 的倍數吧！

Tip

請用英語來練習倍數吧。
Let's count by 3s.（我們來數 3 的倍數吧。）
Let's count by 10s.（我們來數 10 的倍數吧。）

<Counting By Twos>
超級簡單的歌

算數

一起來認識「加」、「減」的算數表達吧。孩子在練習算數題目的作業時，父母可以用英文來問問孩子答案是多少。

addition 加法	**subtraction** 減法
2-digit numbers 兩位數	**sum** 和
odd number 奇數	**even number** 偶數

Two plus one is equal to three.   2 加 1 等於 3。（2+1 = 3）

Five minus one is equal to four.   5 減 1 等於 4。（5 - 1 = 4）

What is the sum for 6 plus 0?   6 加 0 的總和是多少？

The sum is six.   總和是 6。

> 一起讀今天的英語繪本

Are You My Mother?
by P. D. Eastman

是一本適合剛開始學英文的孩子及爸媽一起讀的書。在鳥媽媽出門覓食的時候，從蛋殼裡破殼而出的鳥寶寶，為了找媽媽而離開巢穴。雖然尋找媽媽的旅途艱辛，但鳥寶寶在歷經了一番波折之後最後找到鳥媽媽的畫面，有趣到會讓人不禁發出笑聲。
閱讀這本書時，如果能模仿鳥寶寶可愛的聲音或是動物的叫聲，這樣會更加有趣。

繪本中的每日一句

I have to find her. I will. I WILL!
我必須找到媽媽。我會找到她的。我會的！

DAY 077

How many sides does it have?

這有幾個邊呢？

唸1遍　O77-1.mp3
唸3遍　O77-2.mp3

在告訴孩子形狀的名稱的同時，請和孩子一起數數看該形狀有幾個頂點、幾個邊吧。

 Let's read the book about shapes.

我們來讀有關形狀的書吧。

What shape is this?

這是什麼形狀？

Tip

<Shape> 歌曲

 It's a triangle.

三角形。

 How many sides does it have?

這有幾個邊呢？

 Three.

三個邊。

 That's right!

答對了！

And its three sides are the same.

而且三個邊的長度都是一樣的。

各種幾何圖形的表達方式

要不要一起來認識各種幾何圖形用英文要怎麼說呢？請把形狀的名稱放入空格中，試著說說看。

> **A: What shape is it?** 這是什麼形狀？
> **B: It's a _____.**

circle　圓形
square　四邊形
pentagon　五邊形
sphere　球體
cone　圓錐體

triangle　三角形
rectangle　矩形
hexagon　六邊形
cube　立方體
cylinder　圓柱體

一起讀今天的英語繪本

Mouse Paint
by Ellen Stoll Walsh

這是一個關於三隻白色的小老鼠掉進紅色、黃色、藍色的顏料桶之中，因而產生出各種顏色的故事。讀完本書之後，請先在紙上畫出三隻小老鼠並剪下來，接著準備紅色、黃色、藍色的水彩顏料至調色盤上，並將剪好的小老鼠沾上其中兩種或三種顏料。或者使用安全黏土來做出小老鼠，並用英文說出顏色名稱也非常有趣。

繪本中的每日一句

Red feet in a yellow puddle make orange!

紅色的腳丫踩進黃色的水坑裡，會變出橘色！

DAY 078

Is it less than 15?
這個有比 15 小嗎？

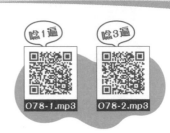
唸1遍　唸3遍
O78-1.mp3　O78-2.mp3

在比較數字的大小時，如果想說「比～小」，英文就是 is less than。反之，如果想說「比～大」就是 is greater than。在唸到大於、小於的符號時，請試著用英文說說看。

 Let's play a number game.

我們來玩數字遊戲吧。

Choose a number between 11 and 20.

從 11 到 20 之間選一個數字。

 OK!

好的！

 Is it greater than 13?

這個有比 13 大嗎？

13 < 14 < 15

 Yes.

有。

 Is it less than 15?

這個有比 15 小嗎？

 Yes, it's 14.

有，是 14。

比較數字大小時可使用的表達方式

> **A is less than B** A比B小
> **A is greater than B** A比B大

9 is less than 10.　　　9比10小。

10 is greater than 8.　　　10比8大。

Name the numbers that are less than 10.
說說看比10小的數字。

Write the numbers in order from least to greatest.
把數字依序從最小的寫到最大的。

一起讀今天
的英語繪本

It Looked Like Spilt Milk
by Charles G. Shaw

孩子在很小的時候常會打翻水或牛奶吧？孩子打翻牛奶的時候，與其責備孩子，不如像這本書中所出現的內容一樣，試著對孩子說說「牛奶看起來就像是～一樣耶」。在讀完書之後，請試著用白色的色紙剪出各種形狀，和孩子一起用英文或中文，說說看這些形狀看起來像什麼。

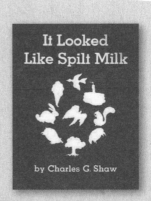

繪本中的每日一句

Sometimes it looked like a Tree.
有時候看起來像一顆樹。

DAY 079

You're the sixth person in line.

你是這一排的第六個人。

唸1遍　079-1.mp3
唸3遍　079-2.mp3

想用英文表達在某個順序中是第幾位時,需要使用序數來表達數字。4 以上的數字要在最後加上 th,「第一個」是 first;「第二個」是 second;「第三個」則是 third。

 Look at this family photo.

看看這張家族照片。

6th

You are the last in line.

你是這一排的最後一個。

How many people are there in front of you?

有幾個人在你前面呢?

 1, 2, 3, 4, 5!

1、2、3、4、5!

 That's right.

答對了!

You're the sixth person in line.

你是這一排的第六個人。

First, second, third, fourth, fifth, sixth.

第一個、第二個、第三個、第四個、第五個、第六個。

 Tip

「序數」英文叫做 ordinal numbers;「基數」叫做 cardinal numbers。

<一起來熟悉序數> 歌曲

last 最後

last 是可以當作副詞、名詞、動詞等多功能的單字。當作「最後」意思來使用的時候,在前面加上冠詞 the;當作「上一個」的時候,不加冠詞。

I hate being the last one to play the game.
我討厭當最後一個玩遊戲的。

Ice cream is the last thing you are going to have.
冰淇淋是你最後才會吃到的。

When was the last time you watched a movie?
你最後一次看電影是什麼時候?

Did you have bad dreams last night?
你昨晚有做惡夢嗎?

一起讀今天的英語繪本

Don't Let the Pigeon Drive the Bus!
by Mo Willems

這是知名作家 Mo Willems 的鴿子系列作品。本書故事中,鴿子用威脅的方式或是用苦苦哀求的方式說著要開巴士,不論是鴿子的動作或神情,本書都表現地十分有趣。請和孩子一起模仿鴿子的表情,並揣摩鴿子的心情來唸書中的句子。一邊看著鴿子想好好表現的表情、生氣的表情、苦苦哀求等各式各樣的表情,一邊說說看鴿子的心情是怎麼樣的。

繪本中的每日一句

Can I drive the bus?
可以讓我來開巴士嗎?

繪本朗讀　動畫欣賞

209

DAY 080

4 is called an even number.

4 被稱為偶數。

唸1遍　唸3遍
080-1.mp3　080-2.mp3

手裡拿著巧克力、糖果或是硬幣等物品，來用英文玩玩看奇數偶數的遊戲吧。放在手中的物品，如果能平分成二等分的話就是 even number，不行的話就是 odd number。

 Can you guess how many candies I have in my hand?

你可以猜出我手裡有多少個糖果嗎？

 5 candies.

5 個糖果。

 Let's count. One, two, three, four.

我們來數數看吧。一、二、三、四。

Can you divide them into two equal parts?

你可以把它們分成二等分嗎？

 Two and two.

這兩個跟那兩個。

 That's right! 4 is called an even number.

答對了！4 被稱為偶數。

 Tip

An odd number is a number that cannot be divided into two equal parts.

（奇數就是不能被分為二等分的數字。）

 〈偶數〉歌曲

算數練習

要不要來學學練習算數的時候，所需要的表達方式呢？

Jina has 4 red pencils and 3 yellow pencils.
吉娜有四支紅色的鉛筆和三支黃色的鉛筆。

How many pencils does she have in all?
她總共有幾支鉛筆？

7 is an odd number.
7 是奇數。

If the number ends with 0, 2, 4, 6, or 8, it's an even number.
如果數字的結尾是 0、2、4、6 或是 8，那就是偶數。

> 一起讀今天
> 的英語繪本

Elmer
by David McKee

外表和一般大象不同的故事主角艾瑪，非常努力地想跟其他大象一樣變成灰色。但是在和朋友們開著有趣玩笑的同時，也愛上了自己現在的模樣。請孩子把一年會變身一次的帥氣大象畫出來，並在上面著色。

繪本中的每日一句

We must celebrate this day every year.
我們必須每年慶祝這個日子。

繪本朗讀

Review 請看圖說說看

Mom　我們來數2的倍數吧！

Let's _____ _____ 2s.

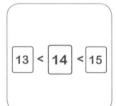

Mom　這有幾個邊呢？

How many _____ _____ it have?

Boy　三個邊。

Three.

Mom　這個有比15小嗎？

Is it _____ _____ 15?

Girl　有，是14。

Yes, it's 14.

Mom　你是這一排的第六個人。

You're the _____ _____ in line.

第一個、第二個、第三個、第四個、第五個、
第六個。

First, _____, _____, fourth, fifth, sixth.

Mom　4被稱為偶數。

4 is called _____ _____ _____.

DAY
081
|
085

Time to study!

DAY 081

Is a killer whale a fish or a mammal?

殺人鯨是魚類還是哺乳類？

除了考孩子動物的英文名稱之外，還可按照動物的種類，考考孩子這個動物是屬於哪一類動物的遊戲，用有趣的方式把動物的名字記起來。

唸1遍　081-1.mp3　唸3遍　081-2.mp3

What is your favorite sea animal?

你最喜歡的海洋動物是什麼？

I like killer whales

我喜歡殺人鯨。

★ killer whale（殺人鯨）的學名雖然叫做 Orca，但不論是什麼生物，殺人鯨都能吃得乾乾淨淨，是最上層的掠食者，因此常常被稱為 killer whale。

Is a killer whale a fish or a mammal?

殺人鯨是魚類還是哺乳類？

It's a mammal.

是哺乳類。

Bingo! How about a shark?

答對了！那鯊魚呢？

Fish!

魚！

我們一起來認識動物的種類用英文要怎麼說吧。

Vertebrates are animals with back bones.
脊椎動物是有脊椎的動物。

Snails and octopuses are invertebrates.
蝸牛和章魚都是無脊椎動物。

Cats, dogs, and monkeys are mammals.
貓、狗和猴子都是哺乳類。

mammals 哺乳類	**fish** 魚類
birds 鳥類	**insects** 昆蟲類
reptiles 爬蟲類	**amphibians** 兩棲類

一起讀今天的英語繪本

Dear Zoo
by Rod Campbell

這是一本裡面有各種動物，而且只要把折起來的部分翻開來便能看到內容的翻翻書（flap book）。請在把折頁翻開之前，先發出那隻動物的聲音，讓孩子先猜猜看是什麼動物。在讀完書之後，可以用肢體模仿動物，玩猜猜看是什麼動物的遊戲。也可以和孩子一起說說看如果動物園要把動物送到家裡的話，什麼樣的動物會比較好。

繪本中的每日一句

He was too big! I sent him back.
他太大了！我把他送回去了。

繪本朗讀　童謠欣賞

○ 複習 Day 081 → ○ 聽 MP3 → ○ 會話跟讀 → ○ 一起讀今天的英語繪本

Don't eat the moldy bread.

不要吃發霉的麵包。

請說說看 living（生物）和 nonliving（無生物）的特徵，並和孩子一起來將生物和無生物做分類。

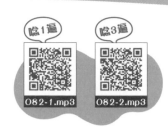

唸1遍　082-1.mp3
唸3遍　082-2.mp3

 Mom! This bread looks funny.

媽媽！這個麵包看起來很奇怪。

 Don't eat the moldy bread.

不要吃發霉的麵包。

Do you see this green part? It's mold.

你看到這個綠色的部分了嗎？這就是黴菌。

Another word for mold is fungus.

黴菌的另一個說法是 fungus（菌類）。

 Is fungus alive?

菌類是活的嗎？

 It's a living thing.

菌類是生物。

It needs food, water, and air.

它需要食物、水和空氣。

What Am I? 猜生物遊戲

請試著先說明生物的特徵，接著讓對方猜一猜是什麼生物。

Quiz I am a nonliving thing. I am very hard. You can find me in the river. What am I?

我是一個無生物。我非常硬。你可以在河裡找到我。我是什麼呢？

Answer rock

Quiz I am a living thing. I am a kind of fish. I have five gills. I look scary. What am I?

我是一個生物。我是一種魚。我有五個鰓。我看起來很嚇人。我是什麼呢？

Answer shark

一起讀今天的英語繪本

Knuffle Bunny
by Mo Willems

還很小的孩子通常都會隨身帶著像是娃娃或是玩具等自己喜愛的物品吧？如果有看過和媽媽或爸爸出遊的小孩，因不小心掉了自己喜歡的物品而在哭鬧的，那麼應該會對這本書的內容產生共鳴。可愛的插畫與真實的照片搭配得恰到好處，讓人能夠增加對這本書的趣味感。如果覺得這本書很有趣的話，也請一起讀讀看主角翠西在長大之後再次弄丟娃娃的另一個故事《Knuffle Bunny Too》。

繪本中的每日一句

Where's Knuffle Bunny?
兔子娃娃在哪裡？

DAY 083

Is that a riddle?
這是謎語嗎？

念1遍　念3遍

083-1.mp3　083-2.mp3

英文的謎語中，常有我們語言無法理解的部分。透過英文的謎語，來一探英語系國家的文化以及思考方式的差異為何。

Do you know a red house with no windows and no doors and a star inside?

你知道裡面沒有窗戶、沒有門、但有一顆星星的紅色房子嗎？

Is that a riddle?

這是謎語嗎？

Sort of.

算是。

I have no idea.

我完全沒有想法。

This apple is red. And it has no windows and doors. But if you cut it in half, the seeds make a star.

這個蘋果是紅色的。沒有窗戶、沒有門。但是如果你把它切成一半，籽就會是星星。

I have no + 名詞　我沒有～

在名詞前面放入 no，就能說出「我沒有～」意思的否定句。

I have no **money**.	我沒有錢。
I have no **appetite**.	我沒有胃口。
I have no **friends**.	我一個朋友也沒有。
I have no **plans for tomorrow**.	我明天沒有計畫。
I have no **doubt**.	我毫不懷疑。（我完全相信。）

一起讀今天的英語繪本

Freight Train
by Donald Crews

內容中有各種顏色和形狀的火車的這本書，特別受喜歡火車的小朋友們的喜愛。一起來看這本色彩繽紛、令人印象深刻的書，來了解火車的故事吧。在讀完書之後，請試著跟孩子把自己的火車畫出來，並塗上顏色吧。

繪本中的每日一句

Going, going... gone.
在走了、在走了…走掉了。

DAY 084

What lives in a forest?
什麼東西住在森林裡？

唸1遍　唸3遍

084-1.mp3　084-2.mp3

在去植物園或去露營的時候，或是在讀森林裡
的動物的書時，請和孩子一起聊聊森林裡面有
哪些動植物。

 What lives in a forest?

什麼東西住在森林裡？

Birds, trees, flowers, and animals.

鳥、樹、花，還有動物。

A desert is a type of land that gets very little rain. What lives in a desert?

沙漠是一種雨下得非常少的地。什麼東西住在沙漠裡？

Cactuses, lizards, and scorpions.

仙人掌、蜥蜴，還有蠍子。

Excellent!

非常好！

What Am I? 猜動物遊戲

請試著先說明動物的特徵，接著再讓孩子猜一猜是什麼動物。

Quiz I have wet, smooth skin. I have a long tongue.
What am I? 我有又濕又滑的皮膚。我有長長的舌頭。我是什麼？

Answer frog

Quiz I have wings. I have many black spots. I am a
red and black insect. What am I?
我有翅膀。我有很多黑色的斑點。我是一隻紅色和黑色的昆蟲。我是什麼？

Answer ladybug

Quiz I have no bones. I have eight legs with suckers.
What am I? 我沒有骨頭。我有八條腿和吸盤。我是什麼？

Answer octopus

> 一起讀今天
> 的英語繪本

Room on the Broom

by Julia Donaldson & Axel Asheffler

這是關於一群可愛的動物齊力把魔女從惡龍的
手中救出來的故事。這本書中出現的不是可怕
的魔女，而是善良又親切的魔女。請利用家裡
的掃把和拖把，模仿魔女飛在空中的樣子。一
邊揮動著魔杖，一邊唸出屬於自己的咒語也非
常有趣喔。

繪本中的每日一句

Buzz off! That's my witch!

閃開！那是我的魔女！

總本朗讀　童謠欣賞

DAY 085

The earth is not a star.
地球不是一顆恆星。

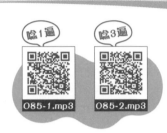

唸1遍　唸3遍
085-1.mp3　085-2.mp3

雖然我們常常把地球稱作是一顆「星球」，但地球其實並不是恆星。離地球最近的恆星就是太陽。「地球」的英文是 the earth；「太陽」是 the sun；「月亮」則叫做 the moon。

 Mom! Is the earth a star?

媽媽！地球是恆星嗎？

 A star gives off heat and light just like the sun. Do you think the earth is a star?

恆星會發熱、發光，就像太陽一樣。你覺得地球是一顆恆星嗎？

 I don't know.

我不知道。

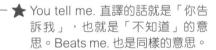

 **You tell me.**

請告訴我吧。

★ You tell me. 直譯的話就是「你告訴我」，也就是「不知道」的意思。Beats me. 也是同樣的意思。

 The earth is not a star.

It's a planet.

地球不是一顆恆星，而是一顆行星。

222

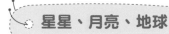

請一邊看著夜晚的星空，一邊和孩子用英文來說說看。

The shape of the moon seemed to change.
月亮的形狀好像改變了。

The star closest to the earth is the sun.
離地球最近的恆星是太陽。

The moon goes around the earth.
月亮繞著地球轉。

The earth spins like a top.
地球像陀螺一樣地旋轉。

How many planets are there in the solar system?
太陽系裡有幾顆行星？

一起讀今天的英語繪本

The Animal Boogie
by Debbie Harter

請在 YouTube 中搜尋《The Animal Boogie》並點選播放，和孩子一起開心地擺動身體來模仿動物，既有趣又愉快。對於第一次接觸英語童話的孩子來說，讓他們一起聽音樂的話，有助於他們提升對英文的好奇心。請一邊說出布給（boogie）、烏給（woogie），一邊和孩子一起開心地搖擺身體。試著將影片中反複出現的句子記起來，就算只有一小段也好，並重覆說給孩子聽。

繪本中的每日一句

What can you see shaking here and there?
你能看到什麼在這裡和那裡擺動？

繪本朗讀　　童謠欣賞

Review 請看圖說說看

Mom 殺人鯨是魚類還是哺乳類？

Is a killer whale a fish or _____ _____?

Boy 是哺乳類。

It's _____ _____.

Girl 這個麵包看起來很奇怪。

This bread looks funny.

Mom 不要吃發霉的麵包。

Don't eat _____ _____ _____.

Boy 這是謎語嗎？

Is that _____ _____?

Mom 算是。

Sort of.

Mom 誰住在森林裡？

What lives _____ _____ _____?

Girl 鳥、樹、花，還有動物。

Birds, trees, flowers, and _____.

Mom 地球不是一顆恆星。

The earth is not _____ _____.

而是一顆行星。

It's _____ _____.

DAY
086
|
090

Time to study!

DAY 086
Let's make some ice cream.
我們來做冰淇淋吧。

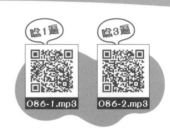

086-1.mp3　086-2.mp3

做冰淇淋可說是個能和孩子一起玩的科學實驗，同時也是烘焙活動。只要用冰冰涼涼的冰塊和鹽，就能將牛奶變成冰淇淋的這個有趣過程，請務必和孩子一起嘗試做看看。

 Let's make some ice cream.
我們來做冰淇淋吧。

Do you remember how?
你記得怎麼做嗎？

First, fill your ziplock bag with ice cubes and salt. 首先，在夾鏈袋裡放入冰塊和鹽。

Then put some milk into a smaller bag.
接著，把牛奶倒入一個小袋子裡。

Add some vanilla and sugar.
加點香草精和糖。

Put that bag into the bigger bag with ice.
把那個袋子放進裝了冰塊的大夾鏈袋裡。

 Now, shake it!
現在就搖一搖！

Shake, shake, shake!
搖、搖、搖！

 Tip

〈製作冰淇淋〉影片

和孩子做菜的時候，也試著用英文說說看每個步驟。

Pour 1 cup of milk into a bowl.
把一杯牛奶倒到碗裡。

Add the dry ingredients.
加上乾燥食材。

Put in a pinch of salt.
放入一小撮鹽。

Stir it over medium heat.
用中火攪拌它。

一起讀今天
的英語繪本

Giraffes Can't Dance
by Giles Andreae & Guy Parker-Rees

故事主角傑拉德因為身體的緣故沒辦法跳舞，因
而受動物朋友們的嘲笑。小蟋蟀給意志消沉的傑
拉德講了個能夠讓他打起精神的故事，並配合傑
拉德最喜歡的音樂，讓傑拉德跳起帥氣的舞蹈，
以獲得自信。這是一本適合孩子建立自信的書。
請播放孩子們喜歡的音樂，一邊愉快地跳舞，一邊讀這本書。

繪本中的每日一句

Everything makes music if
you really want it to.

如果你真的想要的話，不管是什麼都能變成音樂。

繪本朗讀　　童謠欣賞

DAY 087

How many scoops do you want?

你想要幾匙？

唸1遍
唸3遍

087-1.mp3　087-2.mp3

用湯匙挖（scooping）以及倒水（pouring）都能成為有趣的遊戲。這是個能夠簡單告訴孩子們數字概念以及色彩混合的活動。

 Look what I have here!

看看我有什麼！

It's colored rice.

是有顏色的米飯。

Let's practice scooping!

我們來練習挖挖看吧！

One, two, three!

一、二、三！

How many scoops do you want?

你想要幾匙？

Six scoops!

6匙！

實驗器材

一起來認識在科學實驗中常用的器材名稱，用英文要怎麼說吧。請將以下單字放入空格中練習說說看。

> **I'm going to do a science experiment.** 我要來做個科學實驗。
> **I need (a/an)** _____. 我需要（一個）～

magnifying glass 放大鏡
magnet 磁鐵
beaker 燒杯

eye dropper 滴管
funnel 漏斗
tweezers 鑷子

一起讀今天的英語繪本

Not Now, Bernard
by David McKee

這是一本父母也需要好好閱讀的書。當媽媽和爸爸在忙的時候，若遇到孩子要問問題，爸爸媽媽常會說「等一下」，然後晚一點才會再回答孩子的問題。對孩子來說，如果當下沒有人能立即傾聽自己說話，那麼孩子會感到失望，或是會覺得跟別人搭話這件事很困難。如果希望能和孩子好好溝通的話，請暫時停下手邊的工作，聽聽孩子想說什麼吧。

繪本中的每日一句

"Not now, Bernard," said his father.
「現在沒空，Bernard。」爸爸說。

229

DAY 088

Let's do a science experiment.

我們來做科學實驗吧。

唸1遍 088-1.mp3　唸3遍 088-2.mp3

在進行做泡泡的實驗時，只要放入一點點洗衣粉，就能做出更多的泡泡。

 Let's do a cool science experiment.

我們來做一個很酷的科學實驗吧。

First pour a half cup of vinegar.

首先，倒入半杯醋。

Next add some food coloring.

接著，加入食用色素。

Now what will happen if I add some baking soda?

現在你看，如果我把小蘇打粉加下去，會發生什麼事呢？

I know! I've seen it!

我知道！我看過！

It makes bubbles. Lots of bubbles!

會產生泡泡。很多的泡泡！

 Tip

醋是酸性（acid），小蘇打粉是鹼性（base），所以兩個加在一起會產生泡泡。

 ＜做泡泡實驗＞影片

在做實驗或是在做作業發生問題時，可以使用的表達方式有哪些，我們一起來看看。

Design a solution to solve the problem.
設計一個解決方法來解決這個問題。

Why is this a good solution?　為什麼這是一個好的解決方法呢？

Test your design and make a better one.
測試你的設計，然後再做一個更好的設計。

Record your observations.　記錄你的觀察。

Draw to record what you find out.
用畫圖來記錄你所發現的事物。

> 一起讀今天的英語繪本

After the Fall: How Humpty Dumpty Got Back up Again
by Dan Santat

這本書對閱讀過鵝媽媽《Humpty Dumpty》的讀者來說很容易理解。這個故事主要是關於故事主角蛋頭先生從牆上掉下來的故事。蛋頭先生以前很喜歡在牆上看鳥兒飛，但現在因為害怕，甚至不敢爬上牆。不過因為自己射的紙飛機飛到了牆上，便鼓起勇氣爬了上去。在讀到這個部分的時候，請暫時停一下，跟孩子說說看「蛋頭先生會變得怎麼樣呢？」

> 繪本中的每日一句

I decided I was going to climb that wall.
我決定要爬上那道牆。

DAY 089

Make as many as you can.

盡可能多做幾個。

在和孩子一起進行美術活動或是手工藝活動的時候，常常使用動詞開頭的祈使句表達。請試著在對話中找找看這樣的表達方式。

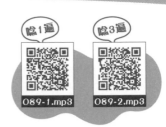

唸1遍
089-1.mp3

唸3遍
089-2.mp3

 Let's make a Christmas wreath.

我們來做聖誕花圈吧！

First trace your hands and cut them out.

首先沿著你的手描出手的形狀來，然後再剪下來。

Make as many as you can.

盡可能多做幾個。

 I'm done.

做好了。

Cut out the circle center of a paper plate.

把紙盤中間的圓圈剪下來。

Glue your handprints to the paper plate.

把你剪下的手掌形狀黏到紙盤上。

as + 形容詞 + as　像～一樣…

意思是「如～一樣…」的這句型，主要是用來表達比較。as ～ as 之間放形容詞，後面放要比較的對象。

He is as big as an elephant.　　　　他跟大象一樣大。

She is as cute as a button.　　　　她跟鈕扣一樣可愛。

as ～ as 也能表達可能性以及能力，有「盡可能…」的意思。

You can eat as much as you want.　　你想吃多少就吃多少。

Can you come as soon as possible?　你能盡快來嗎？

一起讀今天
的英語繪本

You Are (Not) Small
by Anna Kang

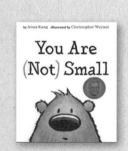

書中的動物按照自己的標準，彼此不承認對方與眾不同的事實，爭吵著「你才大」、「你很小」。但是當新的對手出現時，互相比較的對象改變，大家的爭吵也隨之停止，接著喊著肚子餓便去吃飯了。這本書雖然是用很簡單的句子，但卻引起巨大迴響，曾榮獲美國蘇斯博士獎（The Theodor Seuss Geisel Award）。請先以孩子為標準，說說看周圍事物的大小；接著以媽媽為標準說說看周圍事物的大小。

繪本中的每日一句

They are just like me. You are small.

他們都跟我一模一樣。你很小。

童謠欣賞

233

DAY 090

You roll the die.
你來擲骰子。

 唸1遍  唸3遍
090-1.mp3　090-2.mp3

玩桌遊等遊戲時，在擲骰子的時候請大聲喊出
roll the die。

 Let's play *Snakes and Ladders*.

我們來玩「蛇梯棋」吧！

You roll the die.

你來擲骰子。

★ 一個骰子叫做 die，複數形則是 dice。但是最近常會把複數形跟單數形都統一稱為 dice。

 Five!

五！

 You land at the bottom of a ladder.

你掉到梯子的最底端了。

Move up.

往上爬吧。

What if your counter lands on the head of a snake?

要是你的棋子落到蛇的頭上呢？

 Then you move down.

那麼你就往下走。

請熟記在遊戲中使用的各種表達方式。

Decide who goes first.　　　　　　　　　　來決定誰先。

Shuffle the cards.　　　　　　　　　　　　洗牌。

Deal the cards.　　　　　　　　　　　　　發牌。

Flip your card over.　　　　　　　　　　　翻牌。

Place a pile of cards face down.　　　　把一疊牌朝下放著。

一起讀今天的英語繪本

Handa's Surprise
by Eileen Browne

故事從主角漢妲準備著要給隔壁社區朋友的水果籃開始。漢妲把裝著芒果、香蕉、鳳梨、芭樂、橘子等美味水果的水果籃頂在頭上走路時,一群動物卻把籃子裡面的水果全都帶走了。這本書主要是描述差點就要帶著空籃子去給朋友的漢妲,以及在她身上發生的有趣、曲折的故事。請在讀完書之後,用家裡有的回收物品做做看水果籃,並把水果畫出來,參照書裡的故事劇情來玩玩看吧!

繪本中的每日一句

I wonder which fruit she'll like best?

我真想知道她最喜歡哪一種水果。

繪本朗讀　動畫欣賞

Mom 我們來做冰淇淋吧。
Let's make some _____ _____.
你記得怎麼做嗎？
Do you remember _____?

Mom 你想要幾匙？
How many scoops _____ _____ _____?
Boy 6匙！
Six scoops!

Mom 我們來做一個很酷的科學實驗吧。
Let's do a cool _____ _____.

Mom 盡可能多做幾個。
Make _____ _____ _____ you can.
Boy 做好了。
I'm done.

Mom 你來擲骰子。
You _____ _____ _____.
Girl 五！
Five!

DAY
091
—
095

Time to study!

DAY 091

I'd like to take a selfie.
我想要自拍。

「自拍」的照片用英文來說是 selfie。「拍照」的動作叫做 take a picture；「自拍」的動作則是 take a selfie。

 Mom! Look at the jellyfish.

媽媽！看看那隻水母！

They look awesome!

他們看起來超酷！

 Do you want me to take a picture?

要我幫你拍照嗎？

 No, thanks.

不用了，謝謝。

I'd like to take a selfie.

我想要自拍。

相較於中文，在英文中更常使用「很好」、「太棒了」等讚嘆的表達。除了good、wonderful 以外，還可使用其他形容詞來表達。

It is incredible!　　　太厲害了！（很帥！、很好吃！）

It is awful!　　　（味道、服務等）真的糟透了！

It is stunning!　　　令人驚艷！

It was awesome!　　　真的很棒！（過去式）

It was beyond my expectations.
超乎我的期待。（過去式）

一起讀今天
的英語繪本

Hand, Hand, Fingers, Thumb
by Al Perkins & Eric Gurney

是一本有趣地將猴子打鼓的模樣表現出來的書。拿出家裡的鼓或是類似物品，一邊像故事主角猴子一樣打鼓，一邊閱讀這本書的話會非常有趣。請大聲讀出書中反覆出現的句子，並找找看書中的押韻單字。請說說看有什麼事是可以像主角一樣用手指就做得到的，並在 YouTube 搜尋 finger family，做做看用手指可以做的活動。

繪本中的每日一句

Shake hands. Shake! Shake! Shake!

握手。握！握！握！

親子頻道　　動畫欣賞

DAY 092

I'm ready to order.
我準備好要點餐了。

抵達餐廳、在點餐之前，請給孩子看看菜單、
選擇餐點的機會。「點餐」英文動詞用 order。

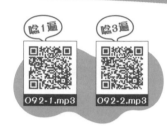

唸1遍 092-1.mp3　唸3遍 092-2.mp3

 Are you still working on the menu?

你還在研究菜單嗎？

 Yeah. I don't know what to have.

對啊。我不知道要吃什麼。

How about spaghetti?

義大利麵怎麼樣？

 What are you having?

你要吃什麼？

A grilled cheese sandwich.

炭烤起司三明治。

I'm ready to order.

我準備好要點餐了。

How about~? 　～如何呢？～怎麼樣？

這是在跟對方提議做某事的時候可使用的表達方式。about 後面使用名詞或是動詞（動詞+ing）。

How about dessert? 　　　　　甜點如何呢？（要吃嗎？）

How about some classical music?
古典樂如何呢？（要聽嗎？）

How about having coffee? 　　喝杯咖啡怎麼樣？

How about walking? 　　　　　去走走怎麼樣？

How about having dinner? 　　去吃晚餐怎麼樣？

一起讀今天
的英語繪本

Owl Babies
by Martin Waddell & Patrick Benson

這本書將等待著貓頭鷹媽媽的小貓頭鷹們的不安感和等待過程描繪地很好。在等待媽媽的時候，小貓頭鷹們互相依靠彼此。如果孩子有兄弟姊妹的話，請問問看孩子有沒有和兄弟姊妹互相依靠的經驗。請根據貓頭鷹們各自的身高尺寸來分辨牠們誰是誰，試著用冰棒棍做出各個貓頭鷹娃娃，並玩玩看角色扮演。

繪本中的每日一句

I want my mummy!
我要我的媽媽！

親子頻道　　動畫欣賞

DAY 093

Do you want a bite?
你想吃一口嗎？

這是在餐廳裡面，當彼此點了不同食物，想請對方嚐嚐看自己的食物時可以使用的表達方式。

念1遍 093-1.mp3　念3遍 093-2.mp3

 How is your spaghetti?

你的義大利麵怎麼樣？

Not bad. How is yours?

還不錯。你的呢？

Pretty good! Do you want a bite?

挺好吃的。你想吃一口嗎？

Sure!

想！

It's good, isn't it?

很好吃，對吧？

Yeah. I wish I had that too.

對啊。我也希望我有點那個。

表達食物的味道

「好吃」通常用 yummy 來說;「不好吃」通常用 yucky 來表達。請在 It's 後面放入表達味道的形容詞,並試著說說看。

It's _____ .

salty　鹹的

bitter　苦的

chewy　有嚼勁的

hot　辣的

crunchy　脆的

sweet　甜的

spicy　辣的

plain　清淡的

creamy　軟的、奶油多的

greasy　油膩的

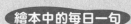

一起讀今天的英語繪本

How Do Dinosaurs Say Good Night?

by Jane Yolen & Mark Teague

這是一個受孩子們喜歡的恐龍系列童書《How Do Dinosaurs》。這本書將孩子們睡前做的動作用恐龍的模樣有趣地表達出來。請一邊讀這本書給不想睡的孩子,一邊說說看睡前可以做什麼動作。書本的扉頁有各種不同的恐龍圖片,請看恐龍的圖片,並唸唸看恐龍的名字。

繪本中的每日一句

I want to hear one book more!

我還想再多聽一本書!

繪本朗讀　童謠欣賞

DAY 094

I'll cut it in half.
我來切一半。

念1遍 094-1.mp3　念3遍 094-2.mp3

這是在把孩子的食物切成一半時可以說的話。
「弄成一半」就叫做 in half。

 Your burger looks pretty big.

你的漢堡看起來挺大的。

Can you eat the whole thing ?

這一整個你吃得完嗎？

 Of course. I love hamburgers.

當然。我愛漢堡。

 I'll cut it in half.

我來切一半。

 Thank you, Mom.

謝謝媽媽。

 Excuse me.

不好意思。

Can I have an extra fork, please?

請問可以再給我一支叉子嗎？

 Tip

請注意，如果想說喜歡某某食物的時候，那個食物名詞需要使用複數形。
I like bananas. (我喜歡香蕉。)
I like apples. (我喜歡蘋果。)

<I Like Bananas>歌曲

分數的表達方式

請在分配披薩或麵包的份量時，向孩子說明分數的概念。

halves	一半（2 等分）	thirds	3 等分
fourths	4 等分	fractions	分數

Cut the apple in half.
把蘋果切一半。

You've had one-third of **the pizza.**
你吃了三分之一的披薩。

Divide the pizza into eight pieces.
把披薩分成 8 塊。

一起讀今天的英語繪本

Butterfly Butterfly: A Book of Colors
by Petr Horáček

這是關於故事主角小女孩為了找蝴蝶，在院子裡走來走去，並遇到各種昆蟲的故事。請試著揣摩小女孩的情緒，模仿小女孩追著蝴蝶跑，並因蝴蝶飛走了、消失不見而感到惋惜的情緒。到最後蝴蝶用彈出的方式再次出現時，請試著表達小女孩驚訝與開心的情緒。在讀完這本書之後，請用冰棒棍做一隻蝴蝶看看，或是做屬於自己的立體書（pop-up book）。

繪本中的每日一句

Lucy couldn't find the butterfly anywhere.

露西到處都找不到那隻蝴蝶。

DAY 095

You have a sweet tooth!
你真愛吃甜食！

嗯1遍 095-1.mp3　嗯3遍 095-2.mp3

sweet tooth 是指「喜歡甜食餅乾等」這件事。have a sweet tooth 指的就是「喜歡甜食」的意思。

 Are you finished?
你吃完了嗎？

Yeah. Could we have some dessert?
對。我們可以吃些甜點嗎？

What would you like to have?
你想吃什麼？

I'd like to have some ice cream with chocolate cake.
我想來點冰淇淋和巧克力蛋糕。

You have a sweet tooth!
你真愛吃甜食！

I'd like to + 動詞原形　我想～

I'd 是 I would 的縮寫。比起 I would like to，老外更常說 I'd like to（I 後面的 d 音幾乎聽不到）。to 後面使用動詞原形就行了。

I'd like to go to bed.	我想去睡覺。
I'd like to read some books.	我想讀點書。
I'd like to eat out.	我想出去吃飯。
I'd like to play a game.	我想玩遊戲。
I'd like to go to the bathroom.	我想去廁所。

一起讀今天
的英語繪本

Waiting
by Kevin Henkes

這是一本很適合睡前讀的書，內容主要是告訴讀者什麼是等待。本書中小巧玲瓏的玩具角色插圖，以美麗柔和的色調繪製呈現。請在和孩子一起看插圖的時候，說說看動物們在等什麼。另外請說說看，當玩具角色們的臉部表情產生變化時，你是什麼樣的心情呢。

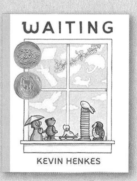

繪本中的每日一句

Was she waiting for the moon?
她在等月亮嗎？

繪本朗讀　　童謠欣賞

Mom 要我幫你拍照嗎？

Do you want me to _____ _____ _____?

Boy 不用了，謝謝。我想要自拍。

No, thanks. I'd like to take a _____.

Mom 我準備好要點餐了。

I'm _____ _____ _____.

Mom 你想吃一口嗎？

Do you _____ _____ _____?

Boy 想！

Sure!

Mom 我來切一半。

I'll _____ it _____ _____.

Girl 謝謝媽媽。

Thank you, Mom.

Boy 我想來點冰淇淋。

I'd _____ _____ _____ some ice cream.

Mom 你真愛吃甜食！

You have a _____ _____!

DAY
096
|
100

Time to study!

DAY 096

I'm on my way.
我在路上。

唸1遍　唸3遍

096-1.mp3　096-2.mp3

想要說正前往某處的路上時，可使用此表達方式。「在～的路上」、「正在前往～的路上」英文用 on my way。

(on the phone)
（電話中）

 Hello, Mom!
喂，媽媽！

 Hi, Sweetie!
嗨，寶貝！

 Where are you, Mom?
媽媽你在哪裡？

 I'm on my way.
我在路上。

 Did you get my cake?
你有買我的蛋糕嗎？

 Of course. Happy Birthday!
當然。生日快樂！

on my way ~　在～的路上、正在前往～中

想說「在前往～的路上」的時候，比起使用 go 這個動詞，母語人士更常使用 on my way 來表達。在後面加上副詞或是「介系詞＋名詞」便能表達要去哪裡、要去做什麼。

I'm on my way home.　　我在回家的路上。

I'm on my way to school.　　我在去學校的路上。

I'm on my way to work.　　我在去工作的路上。

後面加上 out，變成 on my way out 的話，意思就會是「在出門的路上」、「準備出門」。

I'm on my way out.　　我正準備出門。

Pick up your mail on your way out.
你出門時順便去拿你的信吧。

一起讀今天的英語繪本

It's My Birthday
by Helen Oxenbury

這是個關於故事主角小男孩為了做生日蛋糕，而拜訪了許多動物並收集了材料的故事。這本書將孩子們喜歡的動物出場的方式以及收集材料的畫面，用十分有趣的方式來表達。書中的句子會逐漸變長，同時相同的句子也會反覆出現，讓孩子可以輕鬆地閱讀。在讀完書之後，請簡單地用家中找的到的材料試著做蛋糕。

繪本中的每日一句

I'm going to make a cake.
我要來做蛋糕。

繪本朗讀　童謠欣賞

DAY 097

Who is your Valentine?
你的情人是誰？

097-1.mp3　097-2.mp3

「情人節卡片」、「情人節要送禮的對象」都
可用 valentine 來表達。

 Good morning!

早安！

 Good morning! Happy Valentine's Day!

早安！情人節快樂！

 Oh, you seem to be excited.

喔，你看起來很興奮。

 I am!

對啊！

 Who is your Valentine?

你的情人是誰？

It's a secret.

這是祕密。

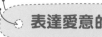

要不要來學習如何向喜歡的人表白的英文呢？

Would you be my Valentine?　你願意成為我的愛人嗎？

I had a crush on you.　我愛上你了。

It was love at first sight.　那是一見鍾情。

下面的表達方式也能用在和朋友見面時。

Will you be my friend?　你願意成為我的朋友嗎？

Can we be friends?　我們可以當朋友嗎？

一起讀今天的英語繪本

The Pout-Pout Fish
by Deborah Diesen & Dan Hanna

主要是關於主角小魚兒的故事。雖然其他的海洋生物總是對表情看起來憂鬱又氣呼呼的小魚兒碎碎念，但小魚兒卻認為自己的臉蛋是為了「親親」而誕生的。請和孩子聊聊書中出現的各種生物的名稱和長相，並試著找找照片，或是讀讀其他與海洋生物有關的書籍。

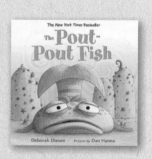

繪本中的每日一句

I'm a kiss-kiss fish with a kiss-kiss face.
我是有著親親臉的親親魚。

童謠欣賞

DAY 098

Happy Mother's Day!
母親節快樂！

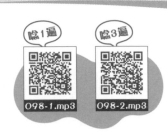
唸1遍 098-1.mp3 　唸3遍 098-2.mp3

在北美洲一樣會過母親節和父親節，母親節
（Mother's Day）是在 5 月的第二個星期
天，而父親節（Father's Day）則是在 6 月的
第三個星期天。

 Good morning!

早安！

 Good morning!

早安！

 Happy Mother's Day!

母親節快樂！

 Thank you.

謝謝你。

 You are the best mom! I love you.

你是最棒的媽媽！我愛你。

 I love you so much, honey!

親愛的，我好愛你喔。

best 最棒的；最好的；最

best 是孩子跟父母經常使用的單字之一。請記住在 best 前面需要加上 the。
請試著在 best 的後面加上人或事物，來說說看什麼是最棒的。

You are my best friend.　　你是我最好的朋友。

My mom is the best cook.　　我的媽媽是最棒的廚師。

My dad is the best driver in the whole world.
我的爸爸是世界上最好的駕駛。

My dog is the best pet ever.　　我的狗是有史以來最棒的寵物。

It's the best song ever.　　這是史上最好聽的歌曲。

一起讀今天的英語繪本

Blackout
by John Rocco

blackout 是「停電」的意思。這是關於在某天晚上，因為突如其來的一場停電，讓一家人度過了一個非常特別的一夜的故事。原本各自忙碌的家人因停電而聚在一起，開著手電筒、點著蠟燭、圍坐在餐桌旁的模樣，不禁讓人開始思考家人的意義。在讀完書之後，請試著大喊 Blackout!，並重現書裡的場景。請把電燈都關掉，點上蠟燭一起聊天或是和家人一起玩桌遊。

繪本中的每日一句

The lights went out.
燈滅了。

DAY 099

Trick or treat!
不給糖就搗蛋！

在 10 月 31 日萬聖節的這一天，孩子們會換上奇異的服裝，喊著 Trick or treat! 到鄰居家門前討糖吃。treat 的意思就是「甜的東西」。

Let's go trick-or-treating.

我們去玩「不給糖就搗蛋」吧。

Okay. I'm ready.

好。我準備好了。

I love your costume.

我喜歡你的服裝。

Do I look scary?

我看起來可怕嗎？

Very. Knock on the door.

非常。敲敲門。

Trick or treat!

不給糖就搗蛋！

Let's make a Jack-o-lantern.　　我們來做南瓜燈籠吧。

I want to dress up as a witch.　　我想要裝扮成女巫。

Can I wear a mask?　　我可以戴面具嗎？

Can we decorate the house with hanging bats and spiders?

我們可以用掛著的蝙蝠和蜘蛛來裝飾家裡嗎？

Witches and black cats are Halloween symbols.

女巫和黑貓是萬聖節的象徵。

一起讀今天的英語繪本

Meg and Mog
by Helen Nicoll & Jan Pienkowski

主要以魔女為主角的《Meg and Mog》系列，是萬聖節將至時常常讀給孩子聽的書。因施了魔法而引起的各大大小小騷動，是這個系列深深吸引孩子們的特色。若爸媽可以像書中的魔女一樣戴著帽子、唸著咒語這樣讀這本書給孩子聽，孩子們便會對這本書更感興趣。

繪本中的每日一句

She put on her black stockings.

她（魔女）穿上了她的黑絲襪。

童謠欣賞

DAY 100

How nice of you!
你人真好！

孩子做出令人感動的行為，或是想稱讚孩子的時候，都可以使用這個表達方式。

唸1遍 100-1.mp3
唸3遍 100-2.mp3

 What are you doing?

你在做什麼？

 I'm making a Christmas card for Grandma.

我在做要給奶奶的聖誕卡片。

 How nice of you!

你人真好！

 Tip

也能用以下表達方式取代 How nice of you!。
How sweet of you!
So sweet!
How nice!

 Do you want to say something to Grandma?

你想對奶奶說些什麼嗎？

 Merry Christmas and happy New Year!

聖誕節快樂和新年快樂！

Could you draw a big heart as well?

你可以也幫我畫個大大的愛心嗎？

寫在卡片上的祝福用語

要不要來認識能夠寫在卡片上的祝福用語呢？不只是卡片，想要簡單傳個訊息時也能使用。

Wishing you and your family a very Merry Christmas.
祝福你和你的家人聖誕節快樂。

Have a wonderful year ahead!　　祝福你有個美好的一年！
I hope the coming year is filled with joy.
希望來年充滿歡樂。

Have a blast!　　　　　　　　　祝你玩得愉快！（盡情享受！）
Hope you have a great time!　　希望你度過愉快的時光！

一起讀今天的英語繪本

Madeline
by Ludwig Bemelmans

這是一本要和孩子一起看過至少一遍的必讀書籍，此書榮獲凱迪克獎。在宿舍生活的故事女主角和朋友們的故事，總是讓讀過這本書的讀者內心感到溫暖。請一邊讀書中簡短的句子和令人印象深刻的插圖，一邊說說書中出現的法國名勝景點。

繪本中的每日一句

Something is not right!

有什麼不太對勁！

繪本朗讀　　動畫欣賞

259

Review 請看圖說說看

Mom　我在路上。
I'm ＿＿＿＿ ＿＿＿ ＿＿＿.

Girl　你有買我的蛋糕嗎？
Did you get ＿＿＿ ＿＿＿?

Mom　你的情人是誰？
Who is ＿＿＿ ＿＿＿?

Boy　這是祕密。
It's ＿＿＿ ＿＿＿.

Girl　母親節快樂！
Happy ＿＿＿ ＿＿＿!

Mom　謝謝你。
Thank you.

Mom　敲敲門。
Knock on the door.

Boy　不給糖就搗蛋！
Trick ＿＿＿ ＿＿＿!

Mom　聖誕節快樂和新年快樂！
Merry Christmas and

＿＿＿ ＿＿＿ ＿＿＿!

一次解決
所有煩惱！

媽媽常問問題
FAQ

媽媽常問問題
FAQ

Q1 在進行親子英文共學時，
英文跟中文的比例該如何分配呢？

語言是人與人之間交流想法的溝通方式。語言和思考的發展是相輔相成的，甚至還有語言支配思考的說法。在孩子們的成長過程中，母語的正常發展是非常重要的。在進行媽媽牌親子英文的過程中您會體悟到，不僅是在閱讀英語相關書籍方面，甚至是在考試能力方面，都是根據自己母語（也就是中文）的掌握程度來進行。

「中文說得好的孩子，英文也能說得好嗎？」

這是當然的！對母語理解高的孩子在接觸新的語言時，排斥感會比較低，而且好奇心也較為明顯。但是從部分進行親子英文共學的案例來看，可以看到某些家長在孩子連母語都還不太熟悉的情況下，卻想強行灌輸孩子英語。在這種情況下，反而可能造成孩子的語言發展更為遲緩，因此需要特別小心。

閱讀大量的中文書以培養詞彙能力以及造句能力的孩子，對於任何語言和文章的整體理解能力很高。此外，若有這樣的理解能力為基礎，在接觸全新的語言（如英語）時，也會像接收母語一樣容易。而且除了具備閱讀英語書籍的能力外，也能發現孩子的詞彙能力、造句能力也會學得很快。也就是說，對母語要有足夠的理解，英語才能說得好。

從嬰幼兒時期就打算讓孩子接受英語教育的話，首先一定要扎實奠定母語的基礎。為了提升孩子的母語能力，請仔細傾聽孩子說的話，即使孩子的語言表達還不熟練，也請耐心等待孩子繼續說下去。多讀些中文書給孩子聽，引導孩子，讓孩子對書本產生好奇心也很重要。在家裡和孩子一起讀書，並進行多樣化的讀後活動，或是在圖書館或書店和孩子一起尋找喜歡的書，都能幫助孩子，讓孩子愛上自己的母語，並自信地開始學習英語。

「我不知道該怎麼開始和孩子一起做英語活動。」

在開始進行親子英文共學的時候，很多人都會苦惱著：「若想讓孩子更有效率地沉浸在英文環境中，該怎麼做？」因為各自的情況跟環境都不同，所以這個問題是沒有標準答案的。但是無論如何，最重要的是不要讓孩子失去興趣，用遊戲的方式取代學習來讓孩子接觸英文。因此，讓孩子讀英語書籍的時候，最好同時進行其他多元化的活動。

讓我們來看看適合不同年齡層的孩子接觸英語的方法。

首先，3 歲以下嬰幼兒需要有充分的時間接觸自己的母語以及英語。在學習英語時，可以接觸像是鵝媽媽經典童謠、立體書（pop-up book）、硬頁書（board book）、翻翻書（flap book）、遊戲書等能夠邊玩邊看的英語書籍。一天花 30 分鐘左右接觸英文也是好的。這個時期的孩子就像鸚鵡一樣，喜歡跟著媽媽、爸爸說話，所以光是唱英文歌或是讓孩子看有趣的英語書籍，都能讓孩子自然而然地接收英語。

閱讀英語書籍的同時，也請適當地善用英語影片，並進行多樣化的讀後活動，讓孩子對英語感興趣。在幼兒時期，只要持續為孩子打造出英語的環境，那麼到了小學時期，即使孩子不上補習班，英語

實力也會令人刮目相看。在嬰幼兒時期，學習英語的重點是要「快樂地」學習。即使從這個時期就已經開始學習英語了，但孩子在未來 20 多年間是否還會有動力持續學英語，這個時期是關鍵。因此，我們可以說，這個時期是決定孩子往後看待英語的態度的關鍵時期。

4～7 歲的幼兒時期是學習母語的迅速成長期。在這個時期，孩子開口說母語的自信心是逐漸增強的，因此如果逼孩子去學習不想學的英語，或是在毫無準備的情況下就把孩子送進英語補習班的話，一不小心就有可能造成孩子厭惡英語，因此需要特別注意。此外，在這個時期，在替孩子挑選英語書籍這件事情上需要更加慎重。請陪孩子一起去書店或是圖書館，讓孩子自己挑選英語書籍。建議和孩子一起閱讀孩子感興趣的書籍，並一起觀看相關主題的英語影片。請試著從英語童書，或是從只有一、兩句簡單句子的分級讀本開始，並透過英語影片來激發孩子的興趣。此外，透過和書及影片相關的各種活動，也有助於引起孩子對英語的興趣。孩子對於英語的好奇心，主要是來自各種不同的刺激和不同的經驗。規定每天固定的時間，即使是很短的時間也好，請給孩子創造出英語的環境。再來，在前面也強調過，比起英語，更重要的是母語教育。為了讓孩子能更加熟悉自己的母語以表達自己的想法，請多跟孩子用中文對話。接著請和孩子一起反覆閱讀有趣的英語童書，而當孩子讀完一個句子時，請大大地給予稱讚和支持。每天睡前給孩子閱讀一本以上的有趣英語童書，也是很好的方法。爸媽在孩童閱讀上所做的努力，將能養成孩子的閱讀習慣。

為什麼爸媽要跟孩子一起練習英語會話呢？

「雖然在學校學英語已經學超過 10 年了，但是說英語還是很困難。」

　　包含我在內，有許多人在小學、國中、高中階段，學英文已經學10 年以上了。但儘管如此，英語聽力和口說方面還是有困難。如今數十年已過去了，回首過去學習英語的過程，我們主要是為了考試而學的。因為學習到的英語並不是在現實生活中使用到的英語，而是為了應付考試用的英語，所以英語聽力和口說依然困難。相信沒有人會想學習這種學了這麼多年卻連一句話都說不出口的英文。英文是個在文法、發音、語調和重音上跟中文完全不同的外語。必須考慮到這一點，因此要以新的方法重新開始學習英語。

　　遇到外國人時，如果想自然地用英語對話，就得反覆聆聽實際生活中使用的英文，並練習大聲唸出來。要習慣持續不斷地練習說，英語才能自然地從嘴巴裡說出來。因此請每天和孩子一起閱讀，並一起大聲唸出來吧。藉由邊閱讀邊大聲唸出來以及反覆跟讀練習，這樣一來英語才會根深蒂固地留在腦中，遇到外國人時，恐懼感便會逐漸消失。另外，如果爸媽在孩子面前讀英語書籍、練習口說，孩子自然也會跟著爸媽大聲地讀英語。比起千言萬語，父母的起身實踐，才能成為孩子的好榜樣。

「教孩子英語時，先從英文字母開始嗎？」

　　先教孩子英文字母並不是正確的方法。孩子在第一次開口說出「媽媽」之前，也並不是先學注音符號的ㄇ、ㄚ這樣一個音一個音拼出來的，而是直接說出「媽媽」這一個聲音。同理，即使不知道字母的英文名稱，也能說出英語。而且，從孩子出生之後，在孩子說出「媽媽」、「爸爸」之前，父母也是反覆對孩子說數百，甚至數千遍

的「媽媽」、「爸爸」。孩子聽著反覆出現的詞彙和句子，在潛移默化中便能說出口。在學習語言方面，話語比文字來得更重要。跟中文一樣，英語也是一種母語，也是先從開口說來學習的。英語系國家的爸媽們在最一開始也不是先教孩子學習字母的，而是先從孩子在實際生活中需要的單字和句子開始，反覆說給孩子聽的。因此我們在學習英語的時候也應該要這樣。

「若爸媽的英語說得不好，該如何開始呢？」

如果孩子還小，建議可以多聽聽像是《鵝媽媽》系列的英語兒歌，就像是還在學母語的孩子會聽中文兒歌的概念。經常使用簡單易懂的英語，這樣才能讓孩子覺得英語很親近，且能自然而然地就習得。得讓孩子們認知到，英語並不是以閱讀為中心的書面語言，而是以使用為主的生活語言，孩子才能把英語當作是溝通的語言，而不是學習的科目。

即使爸媽的英語很基礎，但是陪伴孩子一起練習英語會話這件事真的十分重要。因為孩子看著爸媽用英語說話的樣子，便會把英語當作生活上的語言。在英語不好的爸媽們之中，成功完成媽媽牌親子英文計畫的案例很多。那是在爸媽沒有強迫孩子，和孩子一起堅持不懈練習聽英語和說英語的情況下完成的。孩子看見爸媽在練習用英語對話時，他／她也會一邊說「這句是那樣說嗎？」，一邊模仿著爸媽說英文的模樣。因此對英語沒有自信的爸媽們，在 100 天內持續不斷地練習英語會話、閱讀英語書籍的話，孩子自然而然地就能掌握英語。在閱讀英語書籍的時候，練習唸出聲音來，有助於培養口說實力。另外，如果經常聽英文、說英文的話，還可以同時掌握比較難的發音（如 r、th、f、v 等）、重音，以及句子的節奏。

跟著 YouTube 唱英文歌

跟著唱流行歌曲或電影原聲音樂（OST）等英語歌曲，對於英語會話非常有幫助。而對於喜歡音樂的人來說，這是一種非常有效的英語學習方式。請試著記下歌詞中的英語單詞和句子吧。在 YouTube 搜尋列輸入英文歌名，接著輸入英文字 lyrics（歌詞），便能找到有歌詞的影片。比如說，若是搜尋「Disney OST 歌詞」，便會出現有歌詞字幕的迪士尼原聲音樂影片。請試著播放這些影片，並和孩子一起跟著唱。如此一來，在熟悉迪士尼原聲音樂的同時，自然而然地也能學習到英語。

收聽Disney OST

| Disney OST lyrics ▼ |

收聽英文新聞

在台灣發行的英文報紙有 Taipei Times、Taiwan News 等，在海外的新聞頻道中也有很多可以免費觀看的網站或 app。其中，特別推薦一個用英文便能獲取時事議題的應用程式 app，名為 Newsela。Newsla 網站裡有閱讀等級標準指數系統，不僅是孩子們，就連成人也可以根據自己的英語程度觀看新聞。此外還有 BBC Learning English、NBC News、NY Times 等多種英語新聞網站可觀看。

Clone Replayer（免費反覆練習的應用程式 app）

這是一個能將 MP3 檔案儲存在手機或平板上、並反覆分段收聽的應用程式 app。在這個 app 中打開 MP3 檔案時，它會自動分析音檔的波形，將其分為不同區段，讓使用者能夠重覆收聽單一句子並練習跟讀。這個 app 非常適合用來做跟讀的練習。

Cake（免費英語學習 app）

這是一款讓使用者在收看 1～2 分鐘長的影片的同時，可以跟讀影片中重要句子並錄音來聽的 app。尤其能夠跟著練習在現實生活中實際使用的英語，是這個 app 的優點。

Dict Box（免費英語辭典 app）

在這個 app 裡可以聽到英語單字的美式發音和英式發音。為了能讓使用者掌握單字在句子中的意義，所以都有附上例句、同義詞和反義詞等，並都整理得很好。特別是可以利用圖片來再次確認自己不認識的單字意義，也能看到維基百科這個知識百科中的內容。

Grammarly Keyboard（幫忙修改英語語句的 app）

在電腦中輸入英語語句時，這個 app 能幫忙檢查錯誤的拼字，並修正文法。不僅是可用在電腦的 word 程式中，在手機或平板上也都能使用這個 app，因此在撰寫英文文章時可獲得簡單的文法修正。在 Google Chrome 中也可以下載使用這個 app。

TED 演講 app

透過這個 app，能夠看見全世界知名人士智慧結晶的 TED 演講。可以設定字幕，也可以自由調整播放速度。觀看 TED 既能獲得生活上的智慧，又能學習英語，可說是一石二鳥。

Q3 鵝媽媽（Mother Goose）究竟是什麼呢？

在搜尋孩子們的英語教育資源時，會常常聽到「鵝媽媽」這個詞。如果看到鵝媽媽（Mother Goose）或是兒歌（Nursery Rhyme）的話，把它們都當作是國外的傳統童謠就行了。用台灣的童謠來比喻的話，就像＜妹妹背著洋娃娃＞、＜虎姑婆＞或是＜伊比鴨鴨＞一樣。在英語系國家，在孩子們睡前父母都會唱鵝媽媽給孩子聽。在鵝媽媽中出現的角色也很常在英語童話或動畫中出現，所以認識鵝媽媽的話，看童話書和動畫時會更加有趣。

經常聽或唱鵝媽媽的話，便會熟悉其中反覆出現的句子和押韻（rhyme）。例如，在經典的鵝媽媽＜Baa, Baa, Black Sheep＞中，便能找到 wool、full、dame、lane 等押韻的字。請試著把押韻的部分圈起來，熟悉鵝媽媽的句子對學習自然發音也會很有幫助。

在《Snow》（by Uri Shulevitz）中出現的鵝媽媽角色們

鵝媽媽的完整內容可以在收錄成冊的書中讀到，也可以在 YouTube 搜尋影片觀看。以下將為大家介紹可找到鵝媽媽相關資源的網站。

Super Simple Songs – Kids Songs（超簡單歌曲）

是一個可以觀看與學習鵝媽媽及英語童謠等有趣影片的代
表性 YouTube 頻道。在 supersimple.com 上搜尋歌名的
話，就能下載可搭配使用的單字卡，以及可以列印的圖片
資料等。

網頁連結：supersimple.com

網頁連結：youtube.com/SuperSimpleSongs

掃描右邊的 YouTube 頻道可以一次收聽 140 多首超簡單歌
曲。為了不讓孩子一次看太久的影片，可以在坐車的時候或
是在家裡玩的時候播放音樂。特別是在超簡單歌曲中出現的
句子，都有固定的句型以及押韻，且基本上是以常用單字組
合而成。且因為是反覆出現的句子，很容易讓人記住，所以
可以很輕鬆地學習簡單的英文句子。

Mother Goose Club（鵝媽媽俱樂部）

這是可以一邊聽鵝媽媽歌曲，一起觀看舞蹈動作的影片。
能夠在 mothergooseclub.com 下載各種多樣化的活動資
源。

網頁連結：mothergooseclub.com

網頁連結：youtube.com/MotherGooseClub

Kiz Club（兒童俱樂部）

在這個網站中，不僅能下載鵝媽媽，還可以簡單下載自然
發音、英語童話清單和英語遊戲字卡等學習資源。

網頁連結：kizclub.com/nursery.htm

DLTK's Educational Activities

這個網站提供了以《小美人魚》以及《糖果屋》等著名童話故事為題材所製作的學習單。此外，這個網站也匯集了各種與鵝媽媽相關的資源。

網頁連結：dltk-teach.com/rhymes

認識鵝媽媽的推薦書籍

《Sylvia Long's Mother Goose》

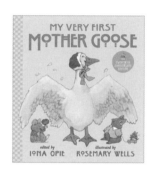

《My Very First Mother Goose》

《Wee Sing Mother Goose》

 英語童話書應該要怎麼讀、讀多少給孩子比較好呢？

即便只有一點也好，每天規律閱讀才是最重要的

即便只有一點也好，每天持續不斷地讀英語童話書給孩子聽很重要。在親子英文共學中，閱讀英語童書不是選擇性的，而是必要性的。史蒂芬·克拉申博士曾在他的著作《閱讀的力量（The Power of Reading）》中提到：「學習語言最快速且愉快的方法，就是自由自主地閱讀（Free Voluntary Reading）」。「自由自主地閱讀」是指持續不間斷，且以有趣的方式學習語言，並在閱讀時沉浸在其樂趣之中的

體驗。因此，創造一個能讓孩子們自主閱讀書籍的環境很重要。

在讀故事給孩子聽時，請盡量刺激孩子的五感。

孩子們學習語言的過程不是習得的過程。孩子們能夠專注的時間不長，所以必須是能夠激發孩子好奇心的有趣內容，孩子們才能集中注意力閱讀英語童書。另外，在學習語言時，應善用長期記憶空間，而不是負責短時間記憶的短期記憶空間。對於年幼的孩子們來說，英語不是為了要馬上上場考試而必須學習的科目。作為往後要使用一輩子的工具，應該要讓英語在孩子們的長期記憶空間中占有重要的位置。為此，不僅是聽覺和視覺，透過觸覺等五感刺激所獲得的體驗和反覆學習也很重要。

各位不能把為孩子唸英語童書這件事，當作是在單純地閱讀文字。應該要一邊觀察孩子的反應，盡量生動地閱讀，讓孩子能夠投入到故事中，此時爸媽必須成為最好的演員。請爸媽負責扮演書中的熊、豬、兔子等動物，發出牠們的聲音，將故事有趣地呈現出來。如果書裡出現能夠刺激孩子觸感的材質（如麵粉），則可以直接讓孩子邊摸邊玩。或是當內容中提到油、鹽、胡椒的話，讓孩子親自品嚐、聞聞味道，以感受讀英語書籍的樂趣。如果是年紀小的孩子，可以讓孩子坐在爸媽的大腿上並抱在胸前，再讀書給孩子聽，盡量多讓孩子聽聽爸媽說話的聲音。為了能夠有趣地唸書給孩子聽，爸媽應該先看過書裡內容。請先想想看「書中的這個場景要怎麼讀給孩子聽呢？」，接著再和孩子進行各種能讓孩子將英文記住的活動。

在閱讀英語童書給孩子聽的時候，孩子們可能會提出許多問題。事實上，回答問題才是重點，至於是用英文或是用中文並不重要。因此如果對英語沒有信心，也可以用中文回答。最好以有趣的方式回答孩子

的問題，這樣才能讓孩子對英語童書感到有興趣。或者，和孩子一起上網搜尋或閱讀相關書籍，一起尋找答案也是很好的方法。

請和孩子一起大聲唸出聲音

當你的孩子能夠開始閱讀文字的時候，一定要給你的孩子翻書閱讀的機會。尤其是只有一個句子或是有重複出現句子的英文童書，更適合爸媽和孩子一起閱讀。透過讓爸媽讀左頁，讓孩子負責讀右頁內容的這種「左、右閱讀法」的話，有助於孩子獨立閱讀和口說。和孩子一起進行「左、右閱讀法」的時候，比起一直督促孩子讀快一點，不如在孩子讀得很棒時，多稱讚孩子。俗話說，讚美甚至能讓鯨魚跳起舞來。看到爸媽給予正面反應的孩子會漸漸開始產生信心，相信自己可以讀其他的書，甚至挑戰更難的書。

讀書的時候請盡量大聲讀。讀完書後，請和孩子一起分享孩子覺得有趣的句子或圖片，並試著寫下自己的「英文書閱讀筆記」。如果孩子還不會寫字，爸媽可以幫忙寫。在閱讀筆記上，可以寫下書名和作者等基本資料以及重要的句子，也可以在上面畫圖。可以練習把句子中的單字替換掉，造出各種豐富的句子；一邊想像書的內容，一邊畫圖對培養創意力也非常有幫助。進行諸如此類的讀後活動，能讓孩子感受到英語不是一門學科，而是能讓他們覺得這是快樂且有趣的活動。久而之，孩子便會自動自發地拿出英語書籍，愉快地閱讀。養成自己找英語書籍來閱讀的習慣之後，孩子在英語學習中的各個領域（聽、說、讀、寫）都將均衡地提升。

如果孩子有喜歡的童書，也請一起閱讀那位作家的其他作品吧。

　　如果孩子對某本英語童書特別感興趣，甚至會反覆閱讀的話，那麼請讀讀看那位作者的其他書籍吧。大多數的孩子要是愛上了某本書，那麼他們也會喜歡那本書作者所寫的其他書籍。同一位作者的其他作品通常也會有相似的主題或架構，這讓孩子在閱讀時能感受到熟悉度。而本書中介紹了 100 本孩子們最喜歡的英語童書，並分享了活用這些書籍的方法，因此請務必好好使用。

　　除了本書所介紹的 100 本書之外，爸媽們還可以多念其他書籍給孩子聽。以下整理了幾個關於榮獲兒童文學獎的作品，以及知名機構所推薦的英語童書書單的網站，和孩子們一同選書時請參考。如果孩子有喜歡的書，請利用 goodreads.com 等網站找找看那名作者的其他書。透過這種方式來增加孩子們喜歡的英語童書書單及推薦作者名單吧。

英語童書獲獎作品與推薦網站

以下網站上出現的英語童書皆是受到多家機構認可、經過驗證的書籍。大部分在書店或圖書館都很容易取得。請務必善用各網站，並找找推薦的英語書單。

紐約圖書館精選（100 Great Children's Books）
紐約市立圖書館所精選，收錄過去 100 年間所出版的
圖書中最優秀的 100 本兒童圖書書單。
網頁連結：nypl.org/childrens100

時代雜誌精選（100 Best Children's Books of All Time）

能夠在這個網站瀏覽由時代雜誌所挑選的 100 本推薦童書書單。

網頁連結：time.com/100-best-childrens-books

Goodreads 推薦的英語童畫書

在世界最大的書評網站「Goodreads（goodreads.com）」中也能看到推薦的英語童書書單。這個網站根據主題、年齡等分類提供更詳細的推薦書單。

· Best Books for a Baby Shower!
  網頁連結：goodreads.com/list/
  show/526.Best_Books_for_a_Baby_
  Shower

· Best Children's Books
  網頁連結：goodreads.com/list/
  show/86.Best_Children_s_Books

美國全國教育協會（NEA）推薦的英語童話書

美國全國教育協會（National Education Association）網站中，可以看到美國教師挑選出的 100 本推薦書單。

網頁連結：nea.org/grants/teachers-top-100-books-for-children.html

紐伯瑞獎（Newbery Medal）、凱迪克獎（Caldecott Medal）、蘇斯博士獎（Geisel Award）獲獎作品

紐伯瑞獎（Newbery Medal）主要是頒發年度最佳兒童圖書類的獎項；而凱迪克獎（Caldecott Medal）則是頒發卓越圖畫書的獎項。能夠在在美國兒童圖書館協會網站上確認紐伯利獎以及凱迪克獎的得獎作品。在開始進行媽媽牌親子英文時，如果想找到能夠讓孩子讀得開心的書，請參考蘇斯博士獎（Geisel Award）的得獎名單。蘇斯博士獎獲獎的作品，主要是能讓孩子喜歡上閱讀、激發想像力且充滿創意的書籍。

網頁連結：ala.org/alsc/awardsgrants/bookmedia

School Library Journal（SLJ）推薦的英語童書

SLJ 主要是給書籍相關領域的專家出版雜誌的單位。可在以下網站查看 SLJ 精選的 TOP 100 兒童圖書書單。

網頁連結：anyflip.com/xizt/omql

　　此外，在亞馬遜（amazon.com）網站上選擇孩子的書時，可以在網站上透過 Books > Children's 這個路徑來查詢圖書的類別。可以透過網頁左側的選單來設定讀者年齡、書籍類型、主題，以方便找到需要的書。透過暢銷書排行榜，便能知道最近孩子們喜歡的英語童書是什麼。

　　除此之外，在敦煌書局、博客來、英語圖書網等網站的童書區，也能找到英語童書。在找書時，最重要的是要選擇符合孩子程度和興趣的書，特別是挑選系列作品時，建議先到圖書館借閱一本來閱讀，確認孩子是否喜歡後再購買。

讀完英語書籍之後，如果想找能使用的學習單，請在 Google 搜尋引擎中先輸入英文書名，後面打上 worksheet 來試著搜尋（例：Goodnight Moon worksheet），如此一來便能找到可免費列印並使用的學習單。以下將為大家介紹能跟英語童書搭配使用的資源的網站及應用程式 app。

> Goodnight Moon worksheet　▼

親子英文推薦網站及應用程式 app

Khan Academy Kids app

這是由「可汗學院」所研發的 app，可以免費學習美國學校不同年級的課程，為年紀小的孩子提供上千種的免費應用程式，讓孩子學習和開拓他們的知識。在這個 app 中，可以使用超簡單歌曲（Super Simple Songs）、國家地理探索雜誌（National Geographic Young Explorer Magazine）等多樣化的資源。可以透過簡單的問答來幫助孩子學習英語，並提供爸媽們當孩子在學自然發音時，可用來問孩子什麼樣問題的訣竅。在 Google Play Store 或是 Apple App Store 下載這個 app 來有效地利用這個軟體學習。

網頁連結：khanacademy.org

TLS Books

可以從這個網站中免費列印從 Preschool（幼稚園）到 6th Grade（小學 6 年級）經常使用的多元學習單。

網頁連結：tlsbooks.com

英國文化圈 Learn English Kids

可以透過歌曲、影片和遊戲等方式學習英語單字、句子，甚至文法。無須註冊成為會員，也可下載各式各樣的學習單。

網頁連結：learnenglishkids.britishcouncil.org/en

cleverlearner

這是個按照閱讀、寫作、數學和科學等主題，將活動學習單整理得很好的網站。在與孩子一起閱讀完小說或非小說類的書籍之後，可以免費下載學習單來練習。

網頁連結：cleverlearner.com

國家地理頻道兒童版（National Geographic Kids）

這是為非小說類讀者（nonfiction readers）所設計兒童版本的國家地理頻道。

網頁連結：kids.nationalgeographic.com

網頁連結：youtube.com/natgeokids

kids page.com

在這個網站中，不僅是英文字母，還可以免費下載各種主題的單字卡和英語童話的活動學習單等資源。

網頁連結：kids-pages.com

SparkleBox Primary Teaching Resources

可以在這個網站中免費下載根據主題及年級來分類的活動學習單。

網頁連結：sparklebox.co.uk

Q5 自然發音法（phonics）究竟是什麼呢？
要怎麼樣教孩子比較好呢？

　　自然發音法（phonics）是理解英文的發音及拼字之間關聯的方法，包含聽到聲音便能拼出字母的「拼字」，以及看著文字便能讀出聲音的「讀字」。孩子們要學習自然發音法的話，首先必須要聽到聲音就能分辨音素（能區分語言涵義的聲音最小單位）。比如說，得先能區分出 cat 和 cap 的尾音不同，並知道 /t/ 的發音可以用 t、而 /p/ 的發音可以用 p 來標記。孩子們進入可區分聲音的時期後，便能開始記得各個英文字母的發音，並練習把字母拼起來、寫出單字，這就是所謂的自然發音法。

　　在孩子連握筆都有困難的年紀，甚至英文字母的發音都不知道的情況下便開始學習自然發音的情況不少。讓孩子先體驗寫注音或中文字，再開始寫英語字母也不遲。在學習自然發音法以前，請多閱讀英語圖書，並多觀看對自然發音有幫助的影片。最好等孩子對英語單字有某種程度的了解，並且到了聽到單字就能唸出字首的發音時，再來學習自然發音法。如果孩子的年紀還小，最好把重點放在熟悉的發音上，而不是勉強孩子寫出來。

　　自然發音法並不是指在學習新單字的同時，去背單字的拼字。而是練習怎麼用英文的字母來唸出聲音，以及理解怎麼拼出文字。因此，在教孩子自然發音法的時候，不只是要閱讀自然發音的教材。為了培養孩子獨立自主讀書的習慣，最好跟孩子一起閱讀分級的書籍。尤其推薦有 Batman、Little Critter 等有名角色的自然發音拼讀教材 Phonics fun readers 系列。

在家裡教自然發音法的時候，推薦各位使用含有互動式光碟（可在電腦上操作含應用程式的光碟）的書籍。像是《Smart Phonics》、《Sounds Great》、《Super Phonics》、《Phonics Cue》等教材，就包含了不僅可以聽音檔，還可以一邊看影片、玩遊戲、一邊學習的互動式光碟。使用互動式光碟來一邊觀看影片、一邊跟著學發音、一邊唸故事、一邊反覆練習有自然發音的句子，在熟悉之後再用遊戲的方式來做結尾，便可毫不費力地掌握自然發音法。搭配 Leap Frog、WordWorld、Super Why!、Alphablocks、PreSchool Prep 等對自然發音有幫助的影片也很棒。

《Smart Phonics》, e-future

《Sounds Great》, Compass Publishing

《Super Phonics》, Two Ponds

《Phonics Cue》, Language World

學習自然發音的推薦網站及影片

Jack Hartmann Kids Music Channel

一邊看著傑克哈特曼有趣的律動、一邊聽著他的歌曲，就能學習自然發音的基本發音原理。

網頁連結：youtube.com/JackHartmann

Kizclub 自然發音學習資源

在 Kizclub 網站中，有很多能夠跟孩子一起使用的自然發音學習資源。

網頁連結：kizclub.com/vowels.htm

starfall.com 自然發音學習資源

透過與英文字母基本發音及自然發音相關的影片，一邊玩遊戲一邊學習。

網頁連結：starfall.com

Rachel's English

將外國人覺得困難的發音，說明得簡單明瞭。請反覆練習覺得困難的發音。

網頁連結：youtube.com/rachelsenglish

圖畫書（Picture Book）

　　也就是「有圖片的童書」的意思。與其說這個類型的書是適合孩子們自己讀的書，更是適合讓爸媽們讀給孩子聽的書。漂亮的圖畫及有趣的童話能夠給孩子專注力，英文的韻律和旋律感則能帶給孩子們樂趣。

分級讀本（Reader's Book）

　　也稱作是 Leveled Readers，根據閱讀的難度分為不同級別。根據句子長度、單字難度、文法難易度區分為不同階段的各個系列，在幫助孩子自主閱讀的同時，還提升對閱讀的信心。最具代表性的分級讀

本有《Scholastic Hello Reader》、《Now I'm Reading》、《Step into Reading》、《An I Can Read Book》、《Fiction & Nonfiction Readers》、《Oxford Reading Tree》、《Read It Yourself》等作品。

章節書（Chapter Book）

　　範圍從只有幾個章節的短篇幅小說，到像是《Harry Potter》系列一樣的長篇小說都有。像《Nate the Great》這類從分級讀本轉變為章節書的短篇章節書，又被稱為 Easy Chapter Book（簡易章節書）或是 Early Chapter Book（初級章節書），幫助孩子輕鬆地練習閱讀。在

善加利用 Early Chapter Book 之後，可以使用孩子們喜歡的章節書系列，如《Magic Tree House》及《Junie B. Jones》等，讓孩子對英文書感到興趣的話，便能毫不費力地進入閱讀英文小說的階段了。

圖畫書、分級讀本、章節書的活用方法

　　圖畫書、分級讀本或是章節書都有不同的特色，在挑選這些書籍時，也必須根據孩子的英文程度來適當地使用。就圖畫書來說，不僅僅只是閱讀書中內容而已，還能搭配五感或肢體的活動，來進行多樣化的學習。而分級讀本應該由孩子自己大聲唸出來。至於章節書的話，則可以一邊聽音檔，一邊閱讀根據章節所整理的內容，並掌握文章整體走向以及作者想傳達的想法。請選擇適合孩子程度的書籍，並持續不斷地讀英語書籍給孩子聽。

　　另外，有很多人會擔心該如何為孩子選擇符合孩子程度的書籍，以及該閱讀什麼類型的書。在這種情況下，請試著多加利用像是「FREE eBook Library from Oxford Owl for Home」、「EPIC」等電子書閱讀與學習網站，可透過這些網站來根據年齡、程度選擇推薦孩子的書籍。此外，還可透過「Hyread 市立圖書館電子書平台」[1]，選擇所在地的圖書館來挑選童書，也是個好方法。透過這些平台在家持續學習，即使還沒去學校，孩子的英文能力也會自然提升。

1 「Hyread 市立圖書館電子書平台」會依各縣市來分成如台北市立圖書館、新北市立圖書館等 6 都的圖書館。

推薦的電子書閱讀網站

FREE eBook Library from Oxford Owl for Home	oxfordowl.co.uk/for-home/find-a-book/library-page/
EPIC	getepic.com

Storyline Online	storylineonline.net/
KidLit TV	www.kidlit.tv/category/read-out-loud/
Storytime with Ryan & Craig	ryanandcraig.com/read-alouds
Libby：Library ebooks and audiobooks	taipei.overdrive.com
台灣雲端書庫—有聲繪本類	ebookservice.tw/#category/TCL306

閱讀分級指數

在圖畫書、分級讀本和章節書之中，都有根據各評價機構的標準而訂定的閱讀分級，在選擇符合孩子程度的英語書籍時，參考分級是有幫助的。

Lexile Measure 藍思分級指數

這是美國 MetaMetircs, Inc. 公司所提供的分級指數，標示文本的難易程度。在美國出版的小學至高中的教材上都標有 Lexile 的分級指數。請在 fab.lexile.com 網站上輸入孩子所閱讀書籍的 Lexile 分級指數，確認孩子有興趣的主題，再為孩子推薦英語書籍。

Accelerated Reader（AR）分級指數

由 Renaissance Learning 公司提供的分級指數，顯示學生的閱讀程度。ATOS Book Level 指的是圖書的難度，是美國 4 萬 5 千所學校使用的閱讀管理程式 AR（Accelerated Reader）中的要素之一。例如，ATOS Book Level 為 1.8 時，1 指

《Goodnight Moon》這本書的分級指數

的是年級，8 指的是幾個月。在 arbookfind.com 上搜尋書名的話，就能確認 ATOS Book Level。

Guided Reading Level（GRL）指導性閱讀分級指數

由知名識字專家 Fountas 和 Pinnell 所開發，是在美國學校中被廣泛使用的指數。根據書的難度和程度，從 A 到 Z 做分類。

Grade Level	Lexile Level	AR (ATOS Book Level)	Guided Reading Level
K	BR 40L ~ 230L	0 ~ 0.9	A ~ D
1	BR 120L ~ 295L	1 ~ 2.4	E ~ J
2	170L ~ 545L	2.5 ~ 3.5	K ~ M
3	415L ~ 760L	3.6 ~ 4.2	N ~ P
4	635L ~ 950L	4.3 ~ 4.9	Q ~ S
5	770L ~ 1080L	5.0 ~ 5.5	T ~ V
6	855L ~ 1165L	5.6 ~ 6.3	W ~ Y

→閱讀分級指數（Lexile、AR 等說明）

英語書籍讀後活動

　　每次讀完一本英文書之後，建議跟孩子一起做讀後活動。若是年紀小的孩子，請爸媽幫忙在圖畫本上寫下書名和作者，讓孩子把自己最喜歡的場景畫下來。如果是已經熟悉英文字母、可自己寫出英文句子的孩子，則請孩子寫下書名和作者的名字，並翻到書中印象最深刻的一頁、寫下裡面的句子。此外，如果是不太會組織自己想法、不太會用文字表達的孩子，或是小學低年級的孩子，可以先利用組織圖（Graphic Organizer）來將內容圖像化之後再來理解，也是很好的方法。

 Q7 常見字（Sight Words）是什麼意思呢？

　　所謂的常見字（Sight Words）是指孩子們為了閱讀和寫作需要熟記的最基本單字。例如 I、am、you、are、what 這類單字就是常見字。越是閱讀能力優秀的孩子，越是不需要看單字的拼字來分析單字的發音，而是直接看一眼就能理解。認識越多使用頻率高的單字，閱讀就會變得越簡單，也會讀得越快。若能好好熟悉句子中常見的主要

單字，對於英語的聽力或口說都會十分有幫助。

1930 年由 Dolch 所發明的 Dolch 常見字（Dolch Sight Words），將使用頻率最高的 220 個英文單字選為必學單字。在美國，有相當多的幼兒園和小學都使用這些單字來熟悉單字和基本句子，並加以應用。在經常使用的高頻率單字（High Frequency Words）中，包含了很多常見字。因此，看到常見字時，最好在用眼睛讀的同時，也動動嘴巴發出聲音練習唸唸看。最好的方法是反覆閱讀簡單的英語童書或分級讀本。

透過經常閱讀簡單的句子的這個方式，對於單字學習是非常有用的。為了在句子中自然地熟悉常見字，建議可以觀看與常見字相關的影片。透過使用常見字字卡來玩記憶遊戲，或是玩把卡片藏起來、接著找找看的遊戲，都能幫助孩子用有趣的方式記憶常見字。如果孩子有喜歡的基本句子，請將句子中的單字寫在便利貼上，再更改順序、重新排列，並試著造句。透過只把基本句子中的幾個單字做替換並練習造句的方式，也可以培養單字的應用能力。

常見字學習資源

Dolch Sight Words 資源
在這個網站中整理了 Dolch 常見字，可將字卡列印出來使用。
網址連結：sightwords.com/sight-words/dolch

Sight Words 影片
適合一次熟悉常見字以及句子的影片。
網站連結：youtu.be/sX4RP4wrMuY

與常見字相關，適合閱讀的非小說類免費資源
透過這個網站，能夠閱讀數百本的非小說類分級讀本，甚至也能聽到母語人士的發音。
網站連結：uniteforliteracy.com

How to learn any language in six months | Chris Lonsdale
請務必觀看 Chris Lonsdale 的演講影片，他認為以常見字為基礎的 10 個名詞、10 個形容詞和 10 個動詞所組合起來、排列出的這 1000 個句子，是學習英語會話的基礎。
網站連結：youtu.be/d0yGdNEWdn0

 Q8 給孩子看英文影片也沒關係嗎？該怎麼給孩子看比較好呢？

最重要的是選擇孩子喜歡的影片。

　　無論是多好的影片，如果孩子不喜歡也沒有意義。為了創造英語環境，卻給孩子看不喜歡的影片的話，很容易讓孩子對英語失去興趣。首先，從有孩子喜歡的主題或角色出現的英語影片開始比較好。

如果想有效地透過影片學習，那麼就需要反覆播放給孩子看，並請孩子在觀看影片的同時跟著唸。

為了能多聽英語，請確保有足夠的觀看時間。

請一邊讀英語童書給孩子聽，一邊給孩子看相關的影片。英語在台灣不是主要的語言，而是外語，因此孩子們在 EFL（English as a Foreign Language）環境中學習，接觸英語的時間十分不足。因此，最好一邊播放英語的影片，一邊打造英語的環境。孩子們在學習英語的句子結構或發音、重音、節奏、語調等時，若適當地活用影片的話會很有幫助。就播放時間來說，幼兒時期的兒童每天 20 分鐘左右，幼稚園的兒童 30~40 分鐘左右，請按照程度及主題給孩子播放影片。

看完影片後，請試著做一些腦力激盪的活動。

<The Octonauts> 影片

給孩子們看英語影片時，爸媽們不要任由孩子一人觀看、大人自己做其他的事情而不理孩子，而是要和孩子一起觀看影片。特別是爸媽和孩子要一起跟著唸影片裡的句子，若能對相關主題來跟孩子進行對話的話，這樣的方式會更好。如果只是播放影片，內容可能會從左耳進，右耳出，甚至可能連看過影片的記憶都會消失。在孩子們看完影片後，哪怕只是簡單地聊聊影片的劇情，或是讀讀相關書籍，都對於培養孩子們的英語能力有很大的幫助。另外，請在看完影片後，試著用圖片表達自己的想法，或是寫下一行句子，還是做做看腦力激盪（Brainstorming）都好。不僅對聽力有幫助，對說話、寫作也都很有幫助。例如，看完《The Octonauts》的影片後，可以一起閱讀與海洋生物相關的百科全書，也可以閱讀英語的非小說類分級讀本。

在英語影片中，不顯示中文字幕，或是不給孩子看中文配音版本的也沒關係。

　　常常有人問：「我應該再播放一次中文配音版本的嗎？」和「我認為我的孩子好像聽不懂影片中的英文」。如果孩子在看英文影片時，沒有任何特別的問題，且能夠看得津津有味，那麼也可以視為孩子們大致能理解內容。即使是成年人，在看電影的時候，如果有字幕出現，注意力便會集中在字幕上，而不是用耳朵認真聽。

　　兒童也是如此。如果有中文字幕，便不會認真聽聲音，而是透過看文字來理解內容。另外，如果你曾經聽過配音的版本，便會覺得看英文影片不太舒服，而且也不會想再看一遍。如果播放符合孩子程度的影片，大部分的孩子都能在沒有字幕的情況下理解內容。如果孩子們因為不知道內容而感到沮喪，或是提出問題，那麼可以直接用簡單的母語來敘述一下故事內容。當孩子因不理解內容而失去興趣，因而讓孩子的內心關上了英語學習大門的這個問題必須要解決。請務必確保孩子們都能用輕鬆的心情觀看英文影片。

一邊看英語影片的台詞，一邊和孩子演情境劇吧。

　　如果孩子有喜歡的英文影片，請按日期分配每天的份量，邊看台詞邊唸（朗讀），並練習跟讀（Shadowing）。唸完之後，也可以搭配肢體動作、表情來演演看情境劇中的主角。如果持續不斷地練習跟讀英語台詞，孩子的發音和語調就會變好，不僅英語聽力也會進步，口說能力也會進步。在重複幾次的朗讀，以及熟悉台詞之後，請試著觀看沒有字幕或台詞的影片，並再次練習跟讀。

英文動畫，請這樣使用吧。

　　如果覺得孩子的英語聽力和口說沒有進步，推薦可以觀看英語動

畫。這也是強烈推薦大人們的方法，透過用有趣的方式學習英語，也能增加實力。請和孩子一起找找孩子所喜歡的英語動畫的劇本。英語動畫在 YouTube 或 Netflix 上都能輕鬆找到。在 Google 搜尋引擎中輸入動畫名稱，並在後面打上 script 來搜尋，便能找到英語的劇本。

搜尋＜冰雪奇緣＞的劇本 | Frozen script ▼ |

　　在選擇孩子喜歡的動畫並準備好影片和劇本後，請認真朗讀劇本，並在愉快欣賞影片的同時，開始練習跟讀。雖然獨自練習跟讀也很好，但如果能跟孩子分配角色並一起做跟讀的話，便能以更有趣的方式熟悉劇本內容。

　　請把動畫在分成 30 天或 60 天能完成的份量，並訂定跟讀計畫。剛開始會聽不太清楚句子內容，甚至逐字逐句跟著說都可能會有些困難，但越是反覆練習，越能感覺到實力在提升。在開始一天的學習單元之前，請複習前一天學習的內容。反覆練習大聲唸出英語句子，對英語會話也很有幫助。只要投入角色，做完一部動畫的跟讀，漸漸地就能開始聽懂英語的台詞，台詞也能自然地背起來。比起挑戰各種動畫，在剛開始的時候，反覆看同一部動畫會更好。

可以觀看動畫及學習的平台

scribblefun.com　供下載與列印的著色遊戲。有很多根據電影、迪士尼動畫等來分類的角色及場景著色資料。

nickjr.tv　可以觀看朵拉、迪亞哥、麥斯與魯比的影片，還能玩互動遊戲。

pbskids.org　可以觀看「好奇的喬治」、「恐龍」等的影片，也能列印活動資料。

Q9 要怎麼活用本書比較好呢？

本書的會話都記住了嗎？請一邊想著會話情境，一邊反覆說出英語句子。想要自然而然就說出英文，必須透過反覆的口說練習，這樣才能和孩子自然地用英語對話。想想孩子學習母語的過程，孩子們並不會特別套用文法才來說母語（如中文）。他們為了把自己的想法表達出來，會反覆練習口說。剛出生的嬰兒不會說話時，會先藉由哭聲來表達自己，接著從一個單字開始，再逐漸到開始用完整的句子說話，因此並不是某一天就突然會說話了。透過反覆的學習，以及直接及間接的經驗來學習，是掌握好一門語言的關鍵。

根據德國心理學家赫爾曼・艾賓浩斯（Hermann Ebbinghaus）的一項實驗，「在學習一週之後，學習的內容在大腦中只會剩下20%」。不過，沒有人會希望自己那麼用功地學習，但在腦海中的記憶卻只記得 20% 吧。如果想把學習到的內容牢牢記住不忘，就必須要常常複習。反覆多練習幾次英語句子的跟讀，才能把它內化為自己的內容。

建議透過製作「單字卡」來作為有效的複習方式。這就是《用功知道》（Sebastian Leitner 著）一書中描述的方法，當你在學習中遇到不認識的單詞或句子時，製作一張單字卡並用它來複習。

單字卡活用法

❶ 製作正面寫中文，背面寫英文的單字卡。

❷ 將單字卡放入有分成五格的盒子中的第一個格子裡。

❸ 複習時，看卡片正面的中文，並試著記住英文單字或句子。

❹ 把記住的卡片移至第二格，而記不住的卡片一樣留在第一格。

　　記不起來的單字或句子要反覆大聲地唸出來複習。單字卡不僅可以用於英語，還可以用在國語、數學等科目的學習上。複習本書內容時，也請善加利用單字卡。

 若是在 100 天內持續用本書學習，就能用英語對話了嗎？

　　有人說，精通英語需要花 10,000 個小時。已經知道的內容就能聽得懂；聽得懂的就能說；說得出口的也能寫得出來，因此需要累積足夠的聽力練習。再者，就算說已經聽了很長時間的英語，並不代表馬上就能說出口。根據孩子的傾向，也可能會晚一些。但即使需要點時間，也不要和其他孩子比較，請回想一下我們小時候學會說話的那一刻，並好好等待孩子說出一句話的時候。為了讓聽英語、說英語成為一種習慣，請透過本書反覆練習，並落實固定讀英文原文書給孩子聽的習慣。請試著想像孩子說著一口流利的英語，並跟著爸媽一起到國外旅行、與外國人自然對話的樣子。請務必在 100 天內完成本書的計畫，相信您的想像會成真。

不管什麼時候開始都不晚！

我的第一本英文課本

初學、再學都適用！
第一本專為華人設計，同時學會「字母、發音、句型、文法、聽力、會話」，自學、教學都好用！

作者 / 彭彥哲
定價 / 399元

附 MP3

我的第一本英文文法

讓多益寫作測驗滿分的英文達人Joseph Chen為你規劃最完整好學的英文文法學習書！
架構完整好學＋清楚講解＋系統性分析＝扎實文法實力，讓你不再似懂非懂！

作者 / Joseph Chen
定價 / 380元

附 MP3

學自然發音不用背

針對非英語系國家設計，最棒的發音書！
不管是以前從未學過、自己要教小孩、老師要教學生，怎麼用都行！

作者 / DORINA（楊淑如）
定價 / 299元

附 MP3 ＋ QR 碼 ＋ DVD

重學、自學都好用的英文學習書

我的第一本自然發音記單字

針對非英語系國家設計，最棒的單字記憶法！
「記憶口訣」×「Rap音韻」×「情境圖像」×「故事
聯想」，66堂發音課，2000單字開口一唸就記住！

作者 / Dorina（楊淑如）、陳啟欣
定價 / 399元

附 MP3 + QR 碼

我的第一本中高齡旅遊英語

【大字版型 × 雙書設計】

第一線空姐、英文老師聯手打造，4大部分、9大
主題、25個場景，只要基礎的50個句型，大小
事都可以自己搞定！

作者 / 裴鎮英、姜旼正
定價 / 449元

附隨身會話手冊＋ MP3 ＋ QR 碼

實境式照單全收！
圖解單字不用背

單字與圖像照片全收錄！「型」與「義」同時對照
再也不說錯！全場景 1500 張實境圖解，讓生活
中的人事時地物成為你的英文老師！

作者：簡孜宸（Monica Tzuchen Chien）
定價：399元

附
MP3

學習不中斷、英語家庭化
營造最佳英語學習環境！

我的第一本親子英文

外銷中國、韓國、泰國，亞洲最暢銷的親子英文學習書！行政院新聞局中小學優良課外讀物推薦掛保證！在家就能學英文，輕鬆、快樂、又能增進親子關係～！

作者 / 李宗玥、蔡佳妤、
　　　 Michael Riley
定價 / 399元

附 MP3 + QR 碼

我的第一本親子英文單字書

「情境式全圖解」提升學習興趣、看圖就懂，自然就記住！

「主題式分類」串聯日常生活主題，創造英文學習環境！收錄教育部頒布常用 2000 字、44 個主題，內容豐富又多元！

作者 / 李宗玥
定價 / 399元

附 MP3

我的第一本經典故事親子英文

史上第一本涵蓋中外經典故事，
啟發孩子天生的英文學習天賦、點燃孩子學習英文的專注力、培養孩子自學英文的最佳工具書！

作者 / 李宗玥、高旭銑
定價 / 399元

附 MP3 + QR 碼

台灣廣廈 國際出版集團
Taiwan Mansion International Group

國家圖書館出版品預行編目（CIP）資料

0-6 歲親子互動萬用英文 / 高仙永, 金聖姬著. -- 初版
. -- 新北市：國際學村, 2021.12
　面；　公分
ISBN 978-986-454-190-4（平裝）
1.英語 2.學習方法 3.親子

805.1　　　　　　　　　　　　　110017081

國際學村

0-6 歲親子互動萬用英文
一天一句，只要會這 100 句型，就能應付日常生活大小事

作　　者／高仙永, 金聖姬　　　編輯中心編輯長／伍峻宏・編輯／古竣元
翻　　譯／魏詩珊　　　　　　　封面設計／何偉凱・內頁排版／菩薩蠻數位文化有限公司
　　　　　　　　　　　　　　　製版・印刷・裝訂／東豪・弦億・弼聖・秉成

行企研發中心總監／陳冠蒨　　　媒體公關組／陳柔彣
　　　　　　　　　　　　　　　綜合業務組／何欣穎

發 行 人／江媛珍
法 律 顧 問／第一國際法律事務所 余淑杏律師・北辰著作權事務所 蕭雄淋律師
出　　版／國際學村
發　　行／台灣廣廈有聲圖書有限公司
　　　　　　地址：新北市235 中和區中山路二段359 巷7 號2 樓
　　　　　　電話：（886）2-2225-5777・傳真：（886）2-2225-8052

代理印務・全球總經銷／知遠文化事業有限公司
　　　　　　地址：新北市222 深坑區北深路三段155 巷25 號5 樓
　　　　　　電話：（886）2-2664-8800・傳真：（886）2-2664-8801
郵 政 劃 撥／劃撥帳號：18836722
　　　　　　劃撥戶名：知遠文化事業有限公司（※ 單次購書金額未滿1000 元需另付郵資70 元。）

■出版日期：2024年7月5刷　　　ISBN：978-986-454-190-4
　　　　　　2022 年1 月初版1 刷　　版權所有，未經同意不得重製、轉載、翻印。